KB126853

엉뚱발랄

연애

잡학
사전

NAZE ANO HITO WA MOTERUNOKA?

by Ranai Kuga

Copyright ⓒ 2007 Ranai Kuga

All rights reserved.

Originally published in Japan by Softbank Creative Corp., Tokyo.

Korean translation rights arranged with Softbank Creative Corp., Japan

through THE SAKAI AGENCY and YU RI JANG LITERARY AGENCY.

엉뚱발랄

연애

잡학
사전

전나무숲

차 례

들 어 가 기 전 에

연애와 인간관계에 관한 통념을 깬 유쾌한 반전   10

제1장
연애 본능,
몸이 먼저 사랑에 반응한다

01 왜 자신과 다른 체취를 가진 사람에게 끌릴까?   14

02 이상형은 냄새에 민감한 배란기에 찾는다   17

03 여성은 남성의 겨드랑이 냄새에 마음이 편안해진다   19

04 여자도 체취로 남자를 유혹한다   22

05 왜 딸들은 아버지 냄새를 싫어할까?   24

06 여성들이 과다 노출을 하는 진짜 이유는?   27

07 섹시한 목소리가 인기 있는 이유   30

08 왜 여자들은 유머러스한 남자를 좋아할까?   35

09 키 큰 남성은 대시 성공률이 높다   38

10 사랑에 취하면 혈중 사랑농도도 두 배가 된다   41

11 사랑을 하면 왜 상대의 결점이 보이지 않는 걸까?   44

12 15분 만에 알 수 있는 이혼 방정식   48

13 키스할 때 고개는 어느 쪽?   52

제 **2**장

남자와 여자,

사랑을 느끼는 방식부터 다르다

14 남자는 인생의 6개월을 곁눈질로 허비한다   56

15 160밀리초, 여성이 야한 사진에 반응하는 시간   59

16 여성은 원숭이의 교미 장면을 보고도 흥분한다   62

17 고학력 여성은 오르가슴에 쉽게 오른다   66

18 여자는 남자보다 사랑이 빨리 식는다   68

19 남자들에겐 S라인도 식후경   71

20 여성의 오르가슴을 결정하는 유전자   75

21 포르노그래피, 정자의 질을 높인다   79

22 귀에서 나는 소리는 성적 취향과 관련이 있다   82

제3장

뇌과학,
감정의 수수께끼를 풀다

23 남을 쉽게 믿게끔 하는 호르몬   86

24 옥시토신이 부족하면 연애를 잘 못한다   89

25 남자는 남의 불행에 몰래 기뻐한다   91

26 공포감은 입보다 눈으로 나타난다   94

27 모나리자의 미소, 수수께끼를 풀다   98

28 빈정거림을 이해하는 뇌의 부위   100

29 거짓말을 하는 사람, 뇌 구조가 다르다   102

30 에로틱한 이미지에 부디 조심하세요!   106

제4장

신체 구조의 차이,
타고난 능력을 결정한다

31 여성 약지의 비밀!   110

32 자신의 의지와 무관하게 움직이는 손   113

33 초능력자는 왼손잡이   116

34 왼손잡이는 오른손잡이 보다 돈을 잘 번다   120

제5장

잠재의식,
욕망을 지배하는 힘이다

35 웃으면 장수한다   124

36 공짜로 할 수 있는 잠재의식 다이어트   128

37 식욕을 억제하는 단백질   131

38 배꼽시계는 머릿속에 있었다   133

39 인간은 동면할 수 없다?   136

제6장

기억,
나를 지배하는 불가사의한 본능이다

40 처음 온 곳인데 언젠가 와 본 듯한 느낌이 드는 이유 140

41 모든 것을 기억하고 있는 여성은 행복할까?   143

42 여성의 기억은 감동과 결부되어 있다   147

43 술주정뱅이는 어떻게 집에 돌아갈 수 있는 걸까?   150

44 3~4세 이전의 일을 기억할 수 없는 이유   152

45 기억에도 재고파악의 기능이 있다   155

46 불쾌한 기억을 없애는 방법이 있을까?   158

제7장
느낌,
생존을 위한 동물적 감각이다

47 육감이란 게 정말 있을까?   162

48 여자의 직감, 남자보다 정말 뛰어날까?   165

49 누군가가 지켜보고 있는 듯한 느낌   169

50 꿈이 만들어지는 곳은 어디에 있을까?   172

51 당신은 신의 유전자를 갖고 있는가?   175

제8장
진지한 과학자들의
엉뚱발랄한 인생해법

모든 고민을 들어드립니다   180

첫 번째, 머피의 법칙에서 벗어나기   182

두 번째, 한밑천 잡아 부자가 되는 방법   186

세 번째, 빨리 먹는 습관을 고치는 방법   190

네 번째, 과도한 결벽증을 고치는 방법   194

다섯 번째, 웃음을 그치는 방법   198

여섯 번째, 용서할 수 없는 상사의 음치   202

일곱 번째, 사촌오빠의 잘못된 기억에 곤혹스러운 고민녀

206

여덟 번째, 아버지의 애완동물 사랑에 질린 딸   210

아홉 번째, 직감이 뛰어난 아내를 속이는 방법   214

열 번째, 우주인에게 납치된 친구   218

끝 맺 는 말
지루한 일상에 재미를 주는 엉뚱발랄한 이야기   222

옮 긴 이 의 글
재치와 웃음이 넘치는 맛있는 책!   225

출 전 · 참 고 문 헌   228

연애와 인간관계에 관한
통념을 깬
유쾌한 반전

이따금 생각해 본 적이 있는가?

　나는 왜 이 세상에 태어났을까?

　왜 사람을 좋아하게 되는 걸까?

　다른 사람은 안 되고 왜 꼭 그 사람이어야만 할까?

　잊었다고 생각했던 일을 다시 떠올리게 되는 이유는 뭘까?

　처음 온 곳인데, 언젠가 와 봤던 듯한 느낌이 드는 것은 왜
일까?

　평상시에는 당연하다고 여겼던 일들이 곰곰이 생각해 보면
이상한 일투성이다. 그러다 그 까닭이 궁금해져 잠을 뒤척이

게 되는 일은 혹 없었는지?

호기심 어린 눈으로 주위를 둘러보면, 이 세상은 온통 놀라움으로 가득 차 있다.

과학은 우주나 원자, 첨단 기술도 다루지만, 가장 재미있는 분야는 역시 인간 자신과 관련된 과학이다.

이 책은 필자가 지금까지 수집해 온 국내외 과학 뉴스 중 인간과 관련된 최신 화제만을 모은 것이다.

가능한 한 국내에는 그다지 알려지지 않은 연구들을 중심으로 소개했고, 일본 과학자의 연구 중에서도 재미있다고 여겨지는 내용은 수록했다.

이 세상에는 눈이 휘둥그레질 만한 연구를 하고 있는 과학자들이 있다.

무심코 무릎을 탁 치게 만드는 발견도, 폭소가 터질 듯 우스꽝스러운 실험도, 진짜일까 싶어 고개를 갸우뚱거리게 만드는 연구도 있지만, 모두 재미를 기준으로 삼아 선정한 것들이다.

그러므로 이 책에는 무심코 남에게 얘기해 주고픈 크고 작은 알짜 화제들이 듬뿍 담겨 있다.

최근에는 지금까지 과학적 탐구 대상으로 삼기 힘들었던 인간의 감정이나 정서에 관한 연구가 급속하게 발전하고 있다. MRI^(자기공명영상장치) 같은 관측기구가 발달함에 따라 뇌 관측이 좀 더 용이해졌기 때문이다.

따라서 사람이 뭔가를 느끼고 있을 때, 뇌는 어떻게 움직이고 있을까에 대한 오랜 궁금증과 의문들이 점차 밝혀지고 있다.

과거에 사람의 미묘한 심리를 다루는 것은 심리학이 주로 담당했다. 그러나 최근에 와서는 뇌 과학적으로 마음의 메커니즘을 해명해 가고 있는 중이다.

예를 들어, 사람을 좋아하게 되는 데도 어떤 법칙이 있다고 한다면 어떨까?

지금까지 그 법칙을 깨닫지 못한 채 조종당하고 있었다고 한다면?

물론 사람의 심리처럼 복잡한 기능을 간단하게 해명할 수는 없을 것이다. 그러나 대략적인 경향은 어느 정도 알 수 있다.

이 책에서는 그와 같은 인간과 인간관계에 감춰진 불가사의한 법칙들을 소개하고 있다. 어려운 전문 용어는 빼고 즐겁게 읽을 수 있는 화제들만 골랐으므로 어깨의 힘을 뺀 채 편안한 마음으로 즐기기 바란다.

이들 연구 중에는 학회에서 아직 널리 인정받지 못한 것도 있고, 좀 엉뚱하다 싶은 연구 몇 가지도 일부러 포함시켰으니, 이 점 양해해 주시기 바란다.

제1장

연애 본능,
몸이 먼저 사랑에
반응한다

왜 자신과 다른 체취를 가진 사람에게 끌릴까?

여러분은 어떤 기준으로 애인을 고르는가?

아마 성격, 외모, 재산 등 여러 가지 요소가 있을 것이다.

그런데 스스로는 깨닫지 못하지만, 애인을 고르는 본능적인 기준이 있다고 한다.

영국 카디프 대학의 팀 제이콥(Tim Jacob) 박사는 애인을 고를 때 결정적 요소가 되는 것은 바로 '냄새'라고 주장한다.

사람은 각자 고유한 체취를 지니고 있다.

사람의 체취 하면 '페로몬'을 떠올리는 사람이 많겠지만, 제이콥 박사가 말하는 체취는 페로몬이 아닌 듯하다.

나중에 자세히 설명하겠지만, 사람에게 이성을 유혹하는 페로몬이 있는지 없는, 페로몬이 냄새를 풍기는지 없는지에 대해서는 아직 확실치 않은 미묘한 문제가 남아 있다.

제이콥 박사에 따르면 사람은 모두 어떤 타입의 체취를 지니고 있고, 이것은 씻거나 향수를 뿌려도 바꿀 수 없다고 한다.

이 체취는 피부의 아포크린샘이라는 땀샘에서 분비되는데, 아포크린샘이 많이 분포된 곳은 유두, 흉골, 성기, 겨드랑이 밑, 볼, 눈꺼풀, 귀, 두피 등이다. 이런 곳에서 그 사람 특유의 체취가 발생한다고 한다.

여성이 곁을 스쳐 지나갈 때 풍기는 은은하고 좋은 냄새는 그 사람만이 지닌 독특한 것이다. 그런데 놀랍게도 이 체취는 사람들 각자의 면역 타입과 일치한다고 한다. 즉 같은 체취를 풍기는 사람들은 같은 면역 타입을 갖고 있는 것이다.

면역 타입이 다르면 질병에 대한 면역력에도 차이가 생긴다. 어떤 질병에 강한 면역 타입과 약한 면역 타입이 있다는 말이다.

그래서 우리는 자신도 모르는 사이에 이성의 체취를 맡고, 자신의 체취와 다른 타입의 사람을 애인으로 고른다고 한다.

즉 체취가 다른 타입의 사람을 고른다는 말은, 자신의 면

연애 본능, 몸이 먼저 사랑에 반응한다

역 타입과 다른 상대를 고른다는 의미다.

면역 타입이 다른 상대를 고르면, 그 둘 사이에 태어난 아이는 두 가지 다른 면역 타입을 물려받아 질병에 잘 걸리지 않는 체질이 된다고 한다.

그러므로 애인을 냄새로 찾는 것은, 조금이라도 질병에 강한 자손을 남기기 위한 본능이다.

생존에 유리한 개체를 남기기 위해서는 자신과 다른 면역 타입을 물려받게 하는 것이 보다 현명한 선택인 것이다.

이상형은
냄새에 민감한
배란기에 찾는다

체취와 면역 타입에 관한 가장 유명한 실험은, 스위스 베른 대학 교수였던 클라우스 웨더킨트 박사의 실험이었다.

웨더킨트 박사는 남학생 44명과 여학생 49명의 도움을 받아 냄새의 취향을 조사했는데, 실험에 앞서 이들 남녀를 면역 타입에 따라 분류했다.

여기서 말하는 면역 타입은 MHC(Major Histocompatibility Complex) 타입을 말하는데, 이는 '주요 조직적합성 항원'을 가리킨다.

생소한 용어지만, 사람의 MHC는 HLA(Human Lymphocyte Antigen)라고 부른다. 장기 이식을 할 때 장기를 제공하는 측(doner, 도너)과 제공받는 측(recipient, 레시피엔트)의 HLA가 일치하지 않으면 이식 수술이 원활하게 이루어지지 않는다.

즉 사람의 경우는 HLA의 형태가 면역 타입을 나타낸다고 보면 된다.

웨더킨트 박사의 실험에서는, 실험에 참가한 남녀를 HLA 유전자 타입에 따라 분류했다.

그리고 우선 남학생에게는 T셔츠를 이틀간 입도록 지시하고, 그 T셔츠의 냄새를 여학생들에게 맡도록 했다.

여학생들에게는 냄새의 강도와 좋은 냄새인지 아닌지 등의 관점에서, 각각의 T셔츠에 점수를 매기도록 했다.

그러자 여학생들은 자신의 면역 타입과 다른 냄새를 좋은 냄새라고 평가하는 경향을 보였다.

실험 결과 자신과 면역 타입이 다른 냄새를 선호한다는 사실을 확인할 수 있었다.

제이콥 박사에 따르면, 애인끼리 키스를 할 때도 상대방의 냄새를 서로 확인한다고 한다(정말 그럴까?).

참고로, 여성이 자신에게 맞는 최고의 파트너를 고르려면, 냄새에 민감한 배란기에 하는 것이 이상적이라고 한다.

03
여성은
남성의 겨드랑이 냄새에
마음이 편안해진다

냄새에 관한 이런 연구도 있다.

여성이 편안해지고 싶을 때는 남성의 겨드랑이 냄새를 맡으면 좋다는 것이다.

음, 상상하는 것만으로도 불쾌해진다.

학교 운동부 부실에 떠도는 그 숨 막힐 듯한 냄새를 떠올려 보라. 그다지 맡고 싶지 않은 냄새다.

이 연구 결과는 미국 필라델피아에 있는 모넬 케미컬 센스 센터의 조지 프레티(George Preti) 박사가 발표한 것이다.

프레티 박사 연구팀은 땀을 채취하기 위해 남성 참가자의 겨드랑이 밑에 패드를 넣었다. 그리고 그 패드를 여성의 코밑에 갖다 대었더니, 6시간 후에 그 여성은 긴장을 풀고 마음이 편안해졌다.

이게 사실일까? 아무리 생각해도 남성의 겨드랑이 냄새를 좋아하는 여성 따위 없을 것 같은 생각이 드는데 말이다.

하지만 프레티 박사에 따르면, 남성의 겨드랑이 냄새에는 활성 페로몬이 포함되어 있어, 그것이 여성의 배란기 때 분비되는 여성 호르몬을 유발한다고 한다.

페로몬 이야기가 나와서 하는 말인데, 현재 사람이 가진 성 페로몬 중 남성의 성 페로몬은 AND^(안드로스테놀과 4β-16-안드로스테디엔-3온)가 아닐까 추정된다.

AND는 남성의 소변, 겨드랑이 밑, 정액에 포함되어 있다고 한다.

여성에게 AND는 은은한 냄새로 느껴지는 모양이다. 단, 개인차는 있는 듯하다.

이에 반해 여성의 성 페르몬은 EST^{(1, 3, 5 (10) 16-테트라엔-3-올)}일 것으로 추정된다.

이 EST는 남성에게는 냄새로 느껴지지 않는 모양이다.

사람의 페로몬이 이성에게 어떤 효과를 나타내는지는 프레티 박사 외에도 많은 과학자들이 연구 중이다.

자세히는 알 수 없으나, 어떤 영향력을 미치는 것은 분명한 듯하다.

그런데 모넬 케미컬 센스 센터의 찰스 와이소키(Charles Wysocki) 박사에 따르면, 남성은 겨드랑이 냄새로 여성의 긴장을 풀어 주면서 성관계를 맺을 수 있는 분위기로 이끌어 가려 한다고 한다.

만약 이 말이 사실이라면 남자는 샤워를 너무 자주 하지 않는 편이 좋을지도 모른다. 단, 그랬다가 냄새 난다고 여성들이 싫어해도 책임질 순 없지만.

이제 여성들은 긴장을 풀고 편안해지고 싶을 때 아로마 테라피 대신 남성의 '땀 냄새 테라피'를 해 보면 어떨까?

여성 아나운서가 스포츠 선수와 곧잘 결혼하는 것도 이런 이유 때문이었나?

연애 본능, 몸이 먼저 사랑에 반응한다

여자도
체취로 남자를
유혹한다

"나랑 하고 싶으면 바로 지금이야."

여성 또한 남성에게 냄새로 메시지를 보낸다고 한다.

프라하에 소재하는 찰스 대학의 인류학자 얀 하블리체크
(Jan Havlicek) 박사는 다음과 같은 실험을 했다.

먼저 여성 12명(19~27세)에게 한 달 동안 매일 24시간 겨드랑
이에 면 패드를 넣어 두도록 했다.

그 다음, 남성 42명(19~34세)에게 날짜별로 냄새를 맡게 해 냄
새의 '강도'와 '매력'을 기준으로 평가하도록 했다.

과연 어떤 결과가 나왔을까?

결과적으로 남성들이 가장 부드럽고 매력적

인 냄새로 뽑은 것은 배란기에 있는 여성의 냄새였다고 한다.

과연, 여성도 날마다 체취가 달라지는 모양이다. 그리고 가장 임신하기 쉬운 날을 남성에게 알려 주고 있는 것이다.

그런데 앞에서 언급한 남성의 경우도 마찬가지지만, 겨드랑이 냄새란 게 꽤나 중요한 모양이다. 특히 해외에서는 겨드랑이 냄새에 관한 연구가 활발하게 이루어지고 있다.

유명한 실험으로는 시카고 대학의 캐서린 스턴(Catherine Stern)과 마사 맥클린톡(Martha Mclintock) 박사의 연구다. 이들은 피험자 여성의 겨드랑이에 면 패드를 넣어 두도록 하고, 그 패드에 밴 원액을 다른 여성의 코 밑에 발랐다.

그러자 2개월 후에 원액을 바른 여성의 생리 주기에 변화가 생겼다고 한다. 이와 같은 사실에 비추어, 여성 전용 기숙사에서 기숙생 전원의 생리 주기가 비슷해지는 원인이 페르몬의 영향 때문이 아닐까 추정하고 있다.

현대 여성들은 겨드랑이 냄새를 없애기 위해 땀 냄새 탈취제를 사용하고 있는데, 이런 행동은 어쩌면 자연의 섭리를 거스르는 것일지도 모른다.

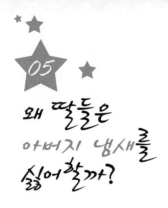

왜 딸들은 아버지 냄새를 싫어할까?

냄새에 관한 이야기를 조금 더 해 보자.

딸이 성숙해지면 아버지 냄새를 싫어한다. 남자는 나이를 먹으면 가령취(加齡臭, 일명 노인 냄새 – 옮긴이)가 나기 시작하므로 더욱 싫을 것이다.

같은 남자끼리도 지하철에서 아저씨가 가까이에 있으면 쾨쾨한 냄새가 나서 금방 알아차릴 수 있을 정도다.

가령취의 원인은 노네날이라는 물질로, 이는 아저씨의 피지 속 지방산이 산화, 분해되어 발생한다.

그러나 아저씨가 미움을 받는 것은 아무래도 가령취 탓만은 아닌 듯하다.

미국 디트로이트의 웨인 주립대학 연구팀은 부모 형제 사이에서 서로에게 나는 냄새의 좋고 싫음을 조사했다. 조사

방법은 6~15세의 자녀가 있는 가족 25팀에게 30일간 같은 T셔츠를 입도록 하고, 가족이 입은 옷과 생판 모르는 남이 입은 옷에서 나는 냄새를 맡도록 한 것.

그러자 부모와 자녀는 서로의 체취를 생판 모르는 남의 체취보다 더 싫어한다는 사실이 밝혀졌다.

특히 어머니는 자녀의 냄새를 싫어하고, 자녀는 아버지의 냄새를 싫어했다.

어머니가 자녀의 냄새를 불쾌하게 여긴다는 사실은 의외의 결과였다. 그러나 연구자에 따르면, 이는 근친상간의 위험성을 피하기 위해서인 것으로 보인다.

부모-자녀라고 해도 절도 있는 관계를 유지하는 것이 좋다는 말이다. 지극히 당연한 소리다.

또한 이성 형제는 서로의 냄새를 싫어하고, 동성 형제의 경우에는 그다지 싫어하지 않았다.

이것도 근친상간의 위험성을 피하기 위해서라고 한다.

이렇게 보면, 우리는 가족이라 해도 모르는 사이에 서로에게 담을 쌓고 있는 건지도 모른다.

어떤 경우든, 딸이 아버지한테서 나는 냄새를 싫어하는 것은 자연의 법칙에 따른 현상인 듯하다. 세상의 모든 아버지들은 그렇게 생각하고 스스로를 위로하는 것이 좋지 않을까?

여성들이
과다 노출을 하는
진짜 이유는?

앞에서 말했듯이, 여자와 남자는 의식하든 안 하든, 냄새 정보로 다양한 메시지를 전달하고 있는 듯하다.

하지만 그렇다고 해서 인간이 단지 냄새에만 지배를 받고 있는 것은 아닐 것이다.

외모, 목소리, 성격 등 다양한 요소를 통해 상대를 선택할 것이다.

예를 들면, 이런 설도 있다.

미국 캘리포니아 대학 로스엔젤레스 캠퍼스(UCLA)의 마티 해슬턴(Martie Haselton) 박사의 연구에 따르면, 여성은 배란기가 되면 맨살을 더 많이 드러내고 차림새가 화려해진다고 한다.

연애 본능, 몸이 먼저 사랑에 반응한다

하지만 그건 단순한 패션 차원의 문제가 아닐까?

그러나 해슬턴 박사는 말한다.

"여자들은 배란기가 되면, 바지 차림 대신 노출이 많은 스커트를 입고 화려하게 치장하는 경향을 보인다."

때때로 가슴이 덜컹 내려앉을 만큼 노출이 심한 옷을 입고 있는 여성을 볼 때가 있는데, 그럼 그건 혹 그 여성이 배란기였기 때문일까?

분명 노출이 심한 패션에 남성들의 눈길이 가는 것은 사실이지만, 그런 심오한 의미가 있는 줄은 몰랐다.

예를 들어, 동물의 암컷은 배란기에 피부색을 바꾸거나 특정 냄새를 풍기는 행동을 통해 수컷에게 신호를 보낸다. 이와 마찬가지로 인간인 여성도 패션을 통해 배란기임을 알린다는 것이다.

해슬턴 박사는 심리학 교수이기에 이 연구에 어떤 생물학적 근거가 있는 것은 아닐 것이다. 하지만 그럼에도 불구하고 고개가 끄덕여지는 것은 왜일까?

여성이 때때로 아주 화려한 옷차림을 하고 싶어 하는 것은 자신이 배란기임을 남성에서 어필하기 위해서라고?

음, 그렇군!

하지만 이 말이 사실이라면, 늘 노출이 심한 옷을 입고 다니는 가노 자매(일본에서 글래머 스타로 유명한 가노 미카, 가노 교코를 가리킨다 – 옮긴이)는 일 년 내내 배란기라는 말인가?

연애 본능, 몸이 먼저 사랑에 반응한다

07 섹시한 목소리가 인기 있는 이유

누군가 연애는 오감(五感)으로 하는 것이라고 말했다.

시각, 청각, 후각, 미각, 촉각, 이 모든 감각을 사용해 상대를 사랑하는 것이라고.

그런데 이 순서는 두 사람 사이가 친밀해지는 단계를 나타내기도 한다.

먼저 눈으로 보고, 다음에 목소리를 듣고, 좀 더 친밀해지면 체취를 맡을 만큼 가까이 다가서고, 사이가 더 깊어지면 혀로 느끼고, 그리고 감촉으로⋯⋯.

뭐, 순서야 아무래도 상관없지만, 목소리란 것도 상대를 좋아하게 될지 말지를 결정하는 중요한 요소라고 할 수 있을 것이다.

그렇다면 매력적인 목소리의 소유자란 어떤 사람들일까?

이와 관련된 흥미로운 연구가 있다.

미국 뉴욕 주립대학 심리학부의 고든 갤럽(Gordon Gallup) 박사는 남녀 149명을 대상으로 어떤 목소리가 매력적인 목소리인지를 앙케트 조사했다. 피험자들에게 여러 명의 남녀 목소리를 샘플로 들려주고, 각각의 목소리가 매력적인지 여부를 평가하도록 했다.

그런데 실험 대상자들이 매력적이라고 평가한 목소리의 주인에 대해 조사하자, 높은 평가를 받은 사람일수록 남녀 모두 평균보다 많은 애인이 있다는 사실이 밝혀졌다. 요컨대, 인기 있는 사람이라는 뜻이다.

매력적인 목소리의 소유자일수록 인기가 있다는 것은 능히 알 수 있는 사실이다.

전화로 대화를 나눌 때 목소리가 좋으면, 상대의 얼굴을 보지 않아도 왠지 매우 아름다운 여성일 것이라고 상상하게 마련이다.

만화 영화의 성우들이 은근히 인기가 많은 것도 목소리의 중요성을 잘 보여 주고 있는 사례가 아닐까?

한편, 갤럽 박사의 실험에서는, 매력적인 목소리를 가진 남성은 신체적으로 어깨가 넓고 허리는 가는 경향을 보였다.

또 매력적인 목소리를 가진 여성은 허리가 가늘고 엉덩이가 큰 경향이 있었다.

요컨대, 매력적인 목소리를 가진 남성은 보다 남성다운 체격을 갖고 있고, 여성은 보다 여성스러운 몸매를 갖고 있다는 말이다.

잠깐, 그렇다면 너무 불공평하지 않은가? 목소리도 좋은데 체격까지 몸짱이라니…….

게다가 놀랍게도 매력적인 목소리의 주인공은 양손 새끼손가락의 길이가 똑같다는 특징이 있었다. 반대로 목소리가 그다지 매력적이지 못한 사람의 경우에는, 평가가 낮을수록 좌우 새끼손가락의 길이에 큰 차이를 보이는 경향이 있었다고 한다.

그런데 도대체 새끼손가락의 길이가 왜 문제가 되는 걸까? 그것은 좌우 새끼손가락의 길이의 차이가 바로 신체가 좌우대칭인지 아닌지를 알 수 있게 해 주기 때문이라고 한다. 즉 목소리가 매력적이라면 신체도 좌우대칭이라는 말이다.

그러고 보니 도쿄 대학의 하라시마 히로시(原島博) 교수와 나무라 겐스케(苗村健助) 교수의 얼굴과 관련된 재미난 연구가 있었다.

컴퓨터에서 여러 사람의 얼굴을 합성하면, 평균적인 얼굴이 만들어진다. 이 평균적인 얼굴은 무슨 이유 때문인지 좌우대칭이다. 그리고 신기하게도 이 평균적인 얼굴은 매우 매력적으로 느껴진다.

아무래도 인간이라는 존재는 좌우대칭의 얼굴을 매력적이라고 느끼는 모양이다.

갤럽 박사는 우리가 생각하고 있는 것 이상으로, 목소리는 상대방의 미묘한 신체 정보를 알려 주고 있는지도 모른다고 말한다.

인공적인 조명기구가 없었던 시대, 칠흑같이 깜깜한 어둠 속에서 목소리는 상대방의 신체 정보를 얻을 수 있는 중요한 역할을 했던 것은 아닐까?

그래서 남성적인 몸, 여성스러운 몸, 대칭적인 몸을 지닌 사람의 목소리가 매력적인 목소리로 인정받게 된 것이라고 보고 있다.

그러고 보면 옛날 일본에서도 예를 들어 『겐지 이야기(源氏物語)』(일본 헤이안 시대에 여류 작가 무라사키 시키부가 쓴 장편소설 - 옮긴이)와 같은 작품을 읽어 보면, 주인공인 히카루 겐지가 여인을 찾아올 때는 우선 상대의 목소리밖에 들을 수가 없었다.

연애 본능, 몸이 먼저 사랑에 반응한다

물론 지금처럼 조명 기구가 발달하지 않아 사방이 컴컴하기 때문이기도 했지만, 당시 여인네들은 남자에게 함부로 얼굴을 보이는 일이 없었기 때문이다.

한때 유행했던 전화방도 처음에는 상대의 목소리밖에 들을 수 없으니, 마찬가지 상황일지도 모른다(경우가 좀 다른가?).

어쨌든 매력적인 목소리는 사람을 끌어당기는 매력을 지니고 있는 듯하다.

왜 여자들은 유머러스한 남자를 좋아할까?

이번에는 조금 다른 각도에서 인기를 끄는 요소에 대해 생각해 보자.

때때로 여자들에게 좋아하는 남성상을 물어보면, "재미있는 사람이 좋아요"라는 대답이 돌아온다.

아무래도 여자들에게 유머란 애인을 선택하는 데 결정적인 요인으로 작용하는 모양이다.

아무리 잘생기고 매력적인 목소리를 가져도, 그것만으로는 오랫동안 사귀게 되면 싫증이 나게 마련이다.

그러나 함께 있을 때 재미있는 남자라면 질리지 않고 사귈 수 있지 않을까?

연애 본능, 몸이 먼저 사랑에 반응한다

이 같은 사실은 미국 매사추세츠 주 웨스트필드 스테이트 칼리지의 조교수 에릭 브레슬러(Eric Bressler) 박사의 연구를 통해서도 증명됐다.

브레슬러 박사와 캐나다 온타리오의 맥마스터 대학 조교수인 시걸 발샤인(Sigal Balshine) 박사는 여성이 애인을 선택하는 데 유머 감각이 결정적인 요인으로 작용한다는 사실을 실험을 통해 확인했다.

이들은 여성 집단에 비슷한 분위기를 풍기는 두 명의 매력적인 남성 사진을 보여 주었다. 그리고 한 남성에게는 성실한 느낌이 나는 자기소개문을, 다른 남성에게는 익살스러운 자기소개문을 곁들였다. 그리고 로맨틱한 파트너로 어느 쪽을 선택할지를 질문했다.

그러자 여성들은 압도적으로 익살스러운 이력서의 남성을 선택했다.

즉 외모에서 별 차이가 없다면 여성은 유머러스한 남성을 선택한다는 말이다. 그러나 똑같은 실험을 남녀 바꿔서 실시하자, 대부분의 남성들은 유머러스한 여성을 선택하지 않았다.

참으로 재미있는 실험 결과다. 왜 재미있는 남성은 여성에게 인기가 있는데, 재미있는 여성은 남성에게 별 인기가 없을까?

난 개인적으로 유머러스한 여자가 좋던데…….

이 말은 곧 개그맨은 여성들에게 인기가 있으나, 개그우먼은 남성들에게 별 인기가 없다는 말이 된다.

그러고 보면, 단체 미팅이나 소개팅 자리에서 남자들은 여자를 얼마나 웃길 수 있는지 서로 경쟁하곤 한다.

하지만 썰렁한 농담은 분위기를 망친다. 시답잖은 농담을 연발하면 되레 미움을 받게 된다. 웃기려고 안달하면 안달할수록 분위기는 더욱 썰렁해지는 법이다.

여자도 가끔 웃기려고 애쓰는 사람이 있는데, 그런 여자는 남자들에게 별 인기가 없다.

왜 그럴까?

어쩌면 남자가 여자에게 바라는 것은 웃음이 아니라, 신비로운 매력일지도 모른다.

연애 본능, 몸이 먼저 사랑에 반응한다

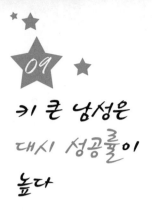

09

키 큰 남성은 대시 성공률이 높다

신체 조건으로 말하자면, 키 역시 이성에게 인기 여부를 결정하는 요소가 될 것이다.

한때 일본에서는 '3고'라는 말이 유행했다. 3고는 고학력, 고수입, 고신장의 세 가지 '고(高)'를 갖춘 남자를 가리키는 말이다. 요컨대, 3고를 갖추지 못한 보통 남자들에게는 어쩐지 맘에 안 드는 녀석이다(질투 때문이지만).

그런데 그중에 고신장, 즉 키 큰 남성은 정말로 여성들에게 인기가 있는 모양이다. 이들은 여성들에게 대시했을 때 성공 확률이 높다고 한다.

즉 만나자마자 곧바로 데이트 모드로 들어가는, 속공(速攻)

데이트를 할 수 있다는 말이다.

영국 에섹스 대학의 미셸 벨롯(Michele Belot) 박사와 마르코 프란세스코니(Marco Francesconi) 박사는 조사를 통해 이 같은 사실을 확인했다.

이들 박사는 남성 1800명과 여성 1800명을 대상으로 '속공데이트' 사례에 대해 조사했다.

이 조사에 따르면 남성은 젊고 날씬한 여성에게 끌리는 반면, 여성은 젊고 키가 큰 남성을 선호한다는 사실이 밝혀졌다.

특히 키에 관해 남성은 2.5센티미터 커질수록 데이트하고 싶어 하는 여성이 5%씩 늘어난다는 사실이 판명되었다.

정말일까? 이 연구 결과가 사실이라면 세계에서 가장 키가 큰 중국의 바오 시순(2미터 36센티미터)은 인기가 너무 많아 주체할 수 없을 것이다.

또 다른 연구에서는 키가 클수록 머리가 좋아 고소득을 올린다는 정보도 있다.

프린스턴 대학의 앤 케이스 교수와 크리스티나 팩슨 교수에 따르면, 키가 큰 사람은 태아 때부터 세 살 정도까지 영양을 충분히 섭취했을 가능성이 크다고 한다. 그리고 이 시기는 장래의 인식능력에도 영향을 미치는 시기라고 한다.

즉 유아기에 영양을 충분히 섭취했다면, 키도 크고 머리도 좋아진다는 말이다. 따라서 키가 큰 사람은 고도의 언어능력, 수학적 능력이 필요한 고소득 직종에 종사할 가능성이 높다고 한다.

영미에서 실시한 조사에서는 키가 10센티미터 커질 때마다 평균 10%의 수입이 늘어난다는 결과도 있다.

세상 참 불공평하다.

물론 키가 크고 돈도 잘 버니, 여성에게 인기 있는 것은 어쩌면 당연한 일일 것이다.

그러나 이런 조사 결과는 어디까지나 그런 경향이 있다는 말이고, 실제로도 그렇다고는 쉽게 단정 지을 수 없다.

현실에서는 키가 커도 인기 없는 남성들과, 키가 작아도 멋진 애인이 있는 남성들이 수두룩하기 때문이다. 그러니 키 큰 남성들이여, 부디 우쭐거리지 말고 자중하기를.

사랑에 취하면 혈중 사랑농도도 두 배가 된다

사랑하고 있을 때 우리 신체 내부에서는 무슨 일이 일어나는 걸까?

흔히 여자는 사랑하면 예뻐진다고 하는데, 그렇다면 체내에서 어떤 변화가 일어나고 있는 것은 아닐까?

사실 누군가를 열렬하게 사랑하고 있을 때, 혈액 속에서 증가하는 물질이 있다.

그 물질이 혹 사랑의 성분일까?

그렇다. 바로 러브 엑기스다.

그 물질을 발견한 사람은 이탈리아 파비아 대학의 엔조 에마누엘레(Enzo Emanuele) 박사다.

연애 본능, 몸이 먼저 사랑에 반응한다

그는 남녀 58명의 혈액을 검사했다. 이 58명은 현재 '미칠 듯이' 격정적인 사랑을 하고 있는 사람들이었다.

원래 이탈리아인들은 정열적인 민족이라고 하니까 말이다.

에마누엘레 박사는 혈액 성분 중에서 NGF(Nerve Growth Factor = 신경세포 성장인자)의 수치에 주목했다.

과거 NGF는 불안, 정서, 성질과 관련된 성분이라고 여겨져 왔다.

그러나 에마누엘레 박사의 조사에 따르면, NGF의 수치와 격렬한 사랑의 감정은 일치했다고 한다. 새로운 연인들의 NGF 혈중 수치는 평상시의 무려 2배나 되었다.

그리고 일 년 후에는 그 수치가 낮아졌다.

열렬했던 사랑도 마침내 식어 버린 것이다. 즉 열렬한 연애와 NGF의 수치는 비례하고 있었다.

단, 사랑이 식고 나서 NGF의 수치가 낮아진 것인지, 아니면 NGF의 수치가 낮아지고 나서 사랑이 식은 것인지는 분명하지 않다.

에마누엘레 박사는 이렇게 말한다.

"격언에도 있듯이 '사랑은 중독'이다. 중독이긴 하지만 사랑하는 동안에는 파트너에게 관대해진다."

NGF의 수치가 높을 때는 연인의 크고 작은 결점이 눈에 들어오지 않는다. 연인들의 참다운 사랑의 진가가 발휘되는 때는 바로 NGF의 수치가 낮아지고 난 다음부터다.

NGF가 연애하고 있을 때 뇌에 어떤 작용을 미치는가는 흥미로운 문제이다.

아직도 뇌에는 밝혀지지 않은 수수께끼 같은 미지의 영역들이 무궁무진하다.

사랑을 하면
왜 상대의 결정이
보이지
않는 걸까?

그렇다. 왜 사랑에 빠져 허우적거리고 있을 때는 상대의 결점
이 눈에 들어오지 않는 걸까?

주위 사람들에게는 상대의 결점이 너무나 잘 보이는데, 사
랑에 빠진 당사자에게는 결점이 하나도 보이지 않는다.

"그 따위 남자랑은 그만 끝내 버려."

누가 어떤 말을 하든, 당사자의 귀에는 전혀 들리지 않는
듯 하다.

왜일까?

이 수수께끼를 해명한 이들이 영국 런던 대학의 안드레아
스 바텔스(Andreas Bartels) 박사와 세미르 제키(Semir Zeki) 박사다.

이들은 22명의 어머니를 대상으로 자녀의 사진을 봤을 때, 뇌의 어떤 부분이 활성화되는지를 조사하기로 했다.

또 다른 실험 지원자들을 통해 애인, 친한 친구를 봤을 때 뇌에 어떤 반응이 일어나는지도 함께 조사했다. 실험은 fMRI(기능적 자기공명영상장치)를 활용해 뇌의 활성화된 부위를 관찰함으로써 이루어졌다.

그 결과, 자녀의 사진을 본 경우와 애인을 본 경우에 활성화하는 뇌의 영역이 많이 중복된다는 사실이 밝혀졌다.

게다가 그 부위는 우연히 맛있는 음식을 먹게 되었을 때나, 금전적 보수가 주어졌을 때, 마약을 했을 때에 활성화되는 부위와도 같았다고 한다.

놀랍게도 사랑은 마약과 같은 역할을 했다. 하지만 재미있는 얘기는 이제부터다.

이야기가 조금 복잡하지만, 순서대로 설명하면 다음과 같다.

사랑에 의해 뇌가 활성화하는 부위도 있지만, 비활성화되는 부위도 있다고 한다.

실험에 따르면 사랑하는 마음과 모성애가 발휘될 때는 사회적 판단과 관련된 전부(前部) 전두엽부와, 부정적인 감정 등과 관련된 뇌

연애 본능, 몸이 먼저 사랑에 반응한다

의 영역을 연결하는 부분이 비활성화된다고 한다.

즉 사랑하고 있을 때는 상대에 대한 사회적 평가에 부정적인 감정이 제 기능을 하지 못하는 것이다.

따라서 사랑에 빠져 있을 때는 상대에 대한 부정적인 평가를 할 수가 없다. 즉 상대의 결점을 객관적으로 바라볼 수 없게 되는 듯하다.

이는 객관적 평가를 내리는 뇌의 부위와, 부정적 감정을 담당하는 회로의 연결이 끊어져 있기 때문이다. 그래서 상대의 결점이 눈에 들어오지 않게 되는 것이다.

사람들이 왜 사랑하는 사람의 결점을 깨닫기까지 그토록 오랜 시간이 걸리는지, 사랑이 식으면 왜 갑작스레 상대의 결점이 눈에 들어오는지가 이렇듯 과학적으로 입증된 셈이다.

단, 실험 결과에 따르면, 자녀에 대한 사랑과 연인에 대한 사랑은 뇌가 활성화되는 부위가 조금 다르다고 한다.

연인을 사랑하고 있을 때는 시상하부에 가까운 뇌의 일부가 활성화되고, 테스토스테론과 같은 성호르몬이 조절된다.

그러나 자녀를 사랑할 때는 이 부분이 기능하지 않는 듯하다. 당연한 일이겠지만.

아무튼 사랑에 관해 점차 과학적인 해명이 이루어지고 있으나, 사랑의 애절함을 치유하는 특효약은 되지 못할 듯하다.

15분 만에
알 수 있는
이혼 방정식

서로 사랑해서 결혼해도 몇몇 커플은 도중에 안타까운 이별을 맞는다.

예전에 TV 드라마 중 이런 이야기가 있었다. 남녀 커플이 미래에 어떤 인생을 살 것인지를 미리 보여 주는 놀라운 기계가 발명됐다.

주인공 커플은 재빨리 그 기계를 시험해 보기로 했다. 하지만 두 사람이 본 것은 결코 알고 싶지 않은, 슬프디슬픈 결말이었다.

결말을 미리 알아 버린 두 사람은 앞으로 어떻게 될까? 대강 이런 줄거리였다.

사실 사랑의 결말 따윈 모르는 편이 좋을지도 모른다.

하지만 실제로 불과 15분간의 대화를 듣는 것만으로 그 커플이 장래 이혼할지 말지를 알 수 있는 방정식이 있다고 한다.

그 공포(?)의 방정식을 고안해 낸 이는 미국 워싱턴 대학의 명예교수이자 수학자인 제임스 머레이(James Murray) 박사와, 같은 대학에 재직하고 있는 심리학자 존 고트먼(John Gottman) 박사다.

이들은 10년 전부터 결혼에 관한 '심리수학(心理數學)'을 공동 연구해 왔다.

연구실 이름도 연구 과제답게 '사랑의 연구실(love lab)'이다.

이들 박사는 깨소금 냄새가 풀풀 나는 신혼부부와 이제 곧 결혼할 예정인 커플을 연구실에 초대해 약 15분 동안 성, 친척, 집안, 돈 등에 관한 이야기를 서로 나누게 한다. 그리고 이 대화를 비디오로 녹화해 분석한다.

여기서 분석이란 비디오 속의 대화에 따라 마이너스 4에서 플러스 4까지 점수를 매기는 것이다.

역정을 내는 행동, 경멸을 나타내는 행동(눈동자를 빙그르 돌리는 행위 등)이 있으면 마이너스 점수를 매기고, 행복, 유머 등의 표현

연애 본능, 몸이 먼저 사랑에 반응한다

에 대해서는 플러스 점수를 매긴다.

"이 플러스와 마이너스의 비율이(이혼하느냐 마느냐의) 결정타가 된다"고 머레이 박사는 말한다.

플러스와 마이너스의 비율이 5 대 1 이상이면 안정된 결혼 생활을 보낼 수 있다. 그러나 플러스 쪽이 5 미만인 경우에는 불안정한 결혼 생활을 보낸다고 한다.

1 대 1까지 내려가면 그 결혼은 커다란 문제를 안고 있다고 본다.

호적에 이혼 경력이 기재될 가능성이 높은 것이다.

조금 전문적인 이야기가 되겠지만, 머레이 박사가 고안한 방정식에서는 비선형 동태 모델을 개발하기 위해 간단한 미적분학을 사용했 다고 한다.

이 기술은 날씨 예보처럼 적은 매개변수로 복잡한 현상을 설명할 때 사용되는 기술과 같은 것이다.

머레이 박사에 따르면, 이 방정식을 통해 90% 이상의 정확 도로 그 커플이 이혼할지 말지를 예측할 수 있었다고 한다.

지금까지 700쌍 이상의 커플을 추적 조사해 왔는데, 이혼 한 커플의 대부분은 6~14년 전에 박사들이 이혼할 것이라고 예상했던 커플들이었다.

이렇듯 애정을 수학으로 측정할 수 있을 거라고는 생각지 못했다.

참으로 무서운 방정식이다.

아직 열렬하게 서로를 사랑하고 있는 커플 여러분, 이 박사의 연구소에 갈 용기가 있는가?

13

키스할 때
고개는
어느 쪽?

제1장의 마지막은 조금 가벼운 이야기를 해 보자.

길거리에서 키스하고 있는 커플을 줄곧 관찰해 온 호기심 많은 괴짜 박사가 있다.

그리고 그는 마침내 발견했다.

키스할 때 연인들은 머리를 오른쪽으로 기울인다는 사실을!

이 세기의 대발견(?)을 한 사람은 오누르 귄튀르퀸 박사다. 그는 미국, 독일, 터키의 3국에서 오로지 키스하고 있는 커플만을 관찰해 왔다고 한다.

그리고 커플의 64.5%가 오른쪽으로 고개를 기울여 키스한다는 사실을 알아냈다. 사실 키스를 할 때 고개를 어느 쪽으로 기울이든 아무래도 상관없지만, 왜 오른쪽으로 고개를 기울이는 걸까?

권튀르퀸 박사의 말에 따르면, 이는 많은 사람들이 태어나면서부터 갖고 있는 버릇이라고 한다.

많은 사람들이 뱃속의 마지막 몇 주간과 생후 6개월간은 머리를 오른쪽으로 기울인다고 한다. 이미 자궁 속에 있을 때부터 '오른쪽'을 선호한다는 것이다.

뭐, 이런 설명을 들어도 과연 정말일까 싶은 생각이 든다.

그건 그렇다 치고 키스하고 있는 커플들을 지치지도 않고 계속 관찰해 왔다니, 그런 정열은 도대체 어디에서 오는 걸까?

잘못했다간 변태로 몰리기 십상일 텐데 말이다.

제 2 장

남자와 여자,
사랑을 느끼는
방식부터
다르다

남자는
인생의 6개월을
곁눈질로 허비한다

제2장에서는 주로 남녀에 관한 색다른 해외 연구들을 소개하려고 한다. 내용 중에는 이건 좀 아니잖아, 할 만한 것들도 포함되어 있다.

남자라면 누구나 거리를 지나는 예쁜 여자에게 무심코 눈길을 빼앗겨 정신없이 쳐다본 경험이 있을 것이다. 만일 여자 친구와 함께 걸어가던 중이었다면 여자 친구의 팔꿈치로 한 대 얻어맞기 십상일 것이다.

혹은 그 여자로부터 "뭘 봐요?" 하며 째려보는 험악한 꼴을 당할 게 뻔하다.

영국의 안경 회사 'BuySpecs4Less'가 조사한 바에 따르면,

평균적인 영국 남성은 매일 여성 8명을 2분 이상 쳐다본다고 한다. 그 시간을 합치면, 남자는 일생에서 약 반 년간을 여성을 곁눈질로 바라본다는 말이 된다.

어떻게 남자는 이토록 비생산적인 일에 인생의 귀중한 시간을 허비하는 걸까?

남자가 여자를 쳐다볼 때는 우선 가슴을 보고, 그 다음에 엉덩이와 다리를 본다고 한다.

뭐, 이건 각자의 취향과도 관련이 있을 것이다.

그런데 여성 역시 남성을 곁눈질로 보는 경우가 있다고 한다. 단, 하루에 남성 2명을 90초씩 볼 뿐이다. 이 시간을 합치면 일생에서 약 한 달 정도가 될 것이다.

역시 남자 쪽이 압도적으로 길다.

또 여성이 남성과 다른 점은, 여성의 경우는 먼저 남자의 눈을 쳐다보고 그 다음에 엉덩이를 본다는 것이다.

남녀 모두 엉덩이를 중시한다는 점이 흥미롭다.

데이비드 모건(David Morgan) 연구 주임은 "곁눈질로 보는 것은 연애 게임에서 가장 중요한 점"이라고 말한다.

하지만 이 조사는 영국 남성을 대상으로 한 것이므로 한국 남성에게 그대로 적용시킬 수 있을지는 모르겠다.

남자와 여자, 사랑을 느끼는 방식부터 다르다

먼저 곁눈질로 여자를 보는 것이 영국인 남성의 연애 방식일까?

하지만 도대체 어떤 발상으로 이런 연구를 시작하게 된 걸까? 사실 그게 훨씬 더 궁금하다.

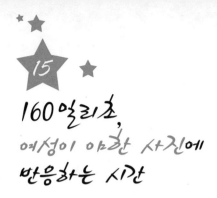

160밀리초, 여성이 야한 사진에 반응하는 시간

에로틱한 사진을 보고 좋아하는 것은 남성의 전매특허지만, 사실 여성도 그다지 싫어하지 않을지 모른다.

보통 선정적인 책은 거의 대부분 남성 독자를 대상으로 한다. 한때 과격한 성 묘사를 판매 전략으로 내세운 레이디스 코믹스 잡지가 유행했는데, 이것 역시 당연히 남성이 만든 것이다.

그러나 남자와 마찬가지로 여자도 야한 사진을 보면 강한 반응을 보인다고 한다.

이런 연구를 한 사람은 미국 센트루이스에 소재하는 워싱턴 의과대학의 안드레이 아노킨(Andrey Anokhin) 박사다.

보통 여성은 선정적인 잡지를 보는 남성을 경멸한다. 그래 놓고 자신들은 야한 사진을 보고 흥분한다는 말인가?

동물의 세계에서는 보통 수컷이 화려한 치장을 하고, 암컷은 그 모습을 보고 파트너를 고른다. 그러므로 암컷이 수컷을 '보는' 쪽이다.

그런데 왜 인간 세계에서는 그 역할이 바뀐 걸까? 이상하다.

사실 아노킨 박사도 자신이 실시한 실험 결과를 보고 깜짝 놀랐다고 한다.

그가 한 실험은 다음과 같은 것이었다.

아노킨 박사는 여성 264명에게 '수상 스키', '짖고 있는 개', '관능적인 포즈를 한 반라의 커플'을 포함한 55장의 사진을 보여 주었다.

'수상 스키'는 상쾌하고 시원한 이미지였을 것이다. '짖고 있는 개'는 마음을 동요시킬 법한 이미지다. 그에 반해 '관능적인 포즈를 한 반라의 커플'은 성적으로 흥분시키는 이미지다.

박사는 피험자 여성들이 사진을 보는 동안, 두피에 부착한 전극으로 그들의 뇌 활동을 측정했다.

그러자 수상 스키와 개 사진보다도 관능적인 사진에 보다 빨리 반응했다고 한다. 관능적 사진은 다른 사진보다 약 20% 빨리, 160밀리초(1000분의 1초-옮긴이) 정도로 뉴런의 발화를 일으켰다.

즉 에로틱한 사진이 여성에게 강한 자극을 준 것이다.

뭐, 그렇다고 해서 여성이 남성보다 야한 것을 좋아한다고 말할 수는 없을 것이다.

여성은 선정적인 신문이나 잡지에 거부반응을 보이는 법이다. 그러니 전차 안에서 당당하게 스포츠신문의 선정적인 기사나 주간지의 밀봉 페이지를 보는 일은 자제하자.

여성은
원숭이의 교미 장면을
보고도 흥분한다

최근 연구에 따르면, 여성은 원숭이가 교미하고 있는 장면을 보고도 흥분한다는 사실이 밝혀졌다. "말도 안 돼"라고 할지 모르지만, 사실이다.

분명 여성은 인간의 성관계 장면을 볼 때 가장 흥분한다. 하지만 보노보(피그미침팬지)의 교미 장면도 여성을 강하게 자극한다고 한다.

이 같은 실험은 미국 어딕션 앤드 멘탈 헬스 센터(Addiction and Mental Health Center)의 메레디스 시버스(Meredith Chivers) 박사와 노스웨스턴 대학의 J. 마이클 베일리(J. Michael Bailey) 박사에 의해 이루어졌다.

이들의 실험 결과는 놀랍기 짝이 없다.

여성은 이성애뿐 아니라 동성애나 원숭이의 교미 장면을 봐도 흥분한다. 좀처럼 믿기 어려운 이야기가 아닐 수 없다. 이들 박사가 준비한 실험은 다음과 같은 것이었다.

실험 대상자들에게 성관계를 맺고 있는 장면을 찍은 2분간의 동영상 7개를 보여 준다. 인간의 것이 6개, 보노보의 것이 1개다.

실험 대상자들은 끊임없이 스스로 흥분하고 있는지 여부를 판단하고 기록하도록 지시받았다. 또한 그들 중 남성은 페니스의 지름을 측정하고, 여성은 질의 맥동 진폭을 측정하는 장치를 부착했다.

실로 대담하기 짝이 없는 실험이라 하지 않을 수 없다.

남성 실험 대상자 18명은 모두 이성애자였다. 그들은 모두 인간 여성과의 성관계 장면을 보는 동안 스스로 성적 흥분을 느꼈다고 보고했다.

계측장치를 통해 얻은 객관적인 데이터는 그들의 보고와 일치하고 있었다.

이에 반해, 18명의 이성애자 여성은 인간 남성의 성관계 장면을 보는 동안 가장 큰 성적 흥분을 느꼈다고 보고했다.

그러나 그녀들의 몸은 보고와는 다른 재미있는 결과를 보여 주고 있었다.

여성들의 보고에는 없었지만, 계측장치에 따르면 레즈비언이나 호모들의 성관계 장면, 원숭이의 교미 장면에서도 여성은 성적으로 흥분했다는 사실이 밝혀진 것이다.

시버스 박사는 여성의 성적 흥미와 성적 흥분 패턴이 꼭 일치하지는 않는다고 말한다. 즉 여성은 흥미가 있든지 없든지 관계없이, 조금 변태적인 자극에도 성적 흥분을 느낀다는 것이다.

하지만 그렇다고 해서 이 결과가 여성이 레즈비언이나 동물에 대해 성적 욕구를 갖고 있다는 것을 의미하는 것은 아니라고 한다.

오히려 여성보다 남성이 변태적인 행위에 더 흥분할 것 같은데, 실험에서는 어째서 반응을 나타내지 않았던 걸까?

코넬 대학 정신의학 교수 바바라 바틀릭(Barbara Bartlik) 박사에 따르면, 남자는 자신이 동성애자나 변태로 취급받기를 원하지 않기 때문에 성적 흥분을 억제했을 것이라고 말한다.

하지만 그렇게 간단히 흥분을 억제할 수 있을까?

이는 피험자들이 자라온 환경이나 문화의 차이와도 관련이 있을 듯하다. 하지만 원숭이의 교미 장면에서는 보통 흥분하지 않을 것이다.

그렇다면 원숭이의 교미 장면이 왜 여성을 흥분시켰던 걸까?

시버스 박사팀은 발기한 페니스와 같은 성적인 특징이 인간 이외의 동물의 것이라 해도 여성을 자극한다고 생각하고 있는 듯하다.

이 역시 믿기 어려운 이야기다. 여성의 감성이란 게 그렇게 단순하단 말인가?

그래도 매우 흥미진진한 실험 결과임에는 틀림없다.

남자와 여자, 사랑을 느끼는 방식부터 다르다

고학력 여성은 오르가슴에 쉽게 오른다

일본 여자 탤런트 중에는 고학력으로 유명해진 사람들이 있다. 기쿠가와 레이(菊川怜), 다카타 마유코(高田万由子), 마나베 가오리(眞鍋かをり) 등 모두 꽤 인기 있는 탤런트들이다.

남자에게 고학력 여성은 동경하지만 가질 수 없는 벼랑 위의 꽃 같은 존재일까?

그런데 영국 서섹스 대학과 오스트레일리아 시드니 대학, 멜버른 대학이 협력해 실시한 전화 조사의 결과가 흥미롭다.

이 조사는 오스트레일리아 전국에서 16~59세의 여성 9100명과 남성 1만 100명을 대상으로 실시한 것이다. 질문 내용은 학력, 수입, 마지막 성적인 접촉 시기, 성적 오르가슴에 달했는지 여부를 묻는 것이었다.

정말 깜짝 놀랄 만한 사적인 질문을 한 것이다.

그 결과, 고학력으로 고소득을 올리는 여성 쪽이 오르가슴에 쉽게 도달하는 경향이 있음이 밝혀졌다.

대졸 여성으로 일류 회사에 입사한 커리어 우먼들과 같은 여성이라고나 할까?

사랑의 행위란 지적인 게임과 같은 것인지도 모른다.

또한 조사를 시작하기 전달에, 일주일에 2번 이상 섹스를 하고 있었던 사람이 오르가슴에 쉽게 도달한다는 사실도 밝혀졌다. 그리고 10대 후반과 50대는 오르가슴에 도달하기 어렵다는 사실도 밝혀진 모양이다.

정말로 적나라한 조사라 하지 않을 수 없다.

대답하는 쪽도 정말 솔직하게 답변했구나 하는 생각이 든다. 일본에서라면 어렵지 않았을까?

하지만 이 조사가 그렇게 진지하게 할 만큼 가치가 있는 연구일까?

왠지 흥미 본위라는 느낌을 지울 수가 없다.

여자는 남자보다
사랑이
빨리 식는다

바람기 하면 역시 여자보다는 남자에게 해당하는 얘기일 듯 싶다.

남자는 한 여자에게 만족하지 못하고 금방 다른 여자에게 손을 뻗친다. 반대로 여자는 한 남자에게 집착한다.

이것이 남자와 여자에 대해 일반적으로 갖고 있는 이미지다.

그런데 최근 연구에 따르면, 일단 안정된 관계가 형성되면 남성보다 여성의 성 충동이 급속하게 감소한다고 한다. 예를 들어, 4년 이내의 관계라면, 30세 여성의 50% 이하만이 정기적인 성관계를 원한다는 사실이 밝혀졌다.

반대로 어느 정도의 기간 동안 관계했는가와 상관없이 남성의 성 충동은 변함이 없다고 한다.

이유가 뭘까?

남성의 성 충동이 일정한 이유는 다른 남자에게 여자를 빼앗기지 않기 위해서라고 한다.

이는 독일 함부르크 에펜도르프 대학의 심리학자 디트리히 클루스만(Dietrich Klusmann) 박사가 530명의 남성과 여성을 취재한 결과다.

조사 결과, 30세 여성의 60%가 남성과 처음 관계를 맺기 시작할 무렵에는 빈번한 성관계를 원한다는 사실이 밝혀졌다.

그러나 사귄 지 4년 이내에 이 숫자는 50%까지 감소했다. 그리고 20년 후에는 약 20%까지 떨어져 있었다.

반대로 몇 년 동안 관계가 있었는지에 상관없이, 남성의 60~80%는 계속 성관계를 원하고 있음을 알 수 있었다.

그렇다면 여자보다 오히려 남자가 더 강한 집착을 보인단 말인가?

클루스만 박사는 남녀의 차이가 인간의 진화와 관련되어 있다고 생각한다.

남자와 여자, 사랑을 느끼는 방식부터 다르다

무슨 뜻인가 하면, 남자는 자신의 자손을 남기기 위해서 여성을 다른 남성에게 빼앗기는 것을 무엇보다 경계한다는 것이다. 따라서 정기적으로 관계를 맺어 여성을 자기 곁에 두려고 한다.

그러나 여성 쪽은 최고의 유전자 조합을 남기기 위해 다른 남성에게 관심을 가진다고 한다.

이는 일반적인 상식을 뒤집는 결과라고 할 수 있다.

그러나 500명 이상을 취재했다고 하니, 전혀 근거 없는 주장이라고 매도할 수만은 없을 듯하다.

곰곰이 생각해 보면, 남자란 의외로 미련이 많은 존재다. 이에 반해 여성은 헤어지고 나면 뒤도 안 돌아보고 깨끗하게 잊는다.

여자들의 이처럼 재빠른 변신이 보다 나은 유전자를 남기기 위해서라는 말인가?

그럴 리 없다. 뭐든 유전자로 해석해 버리는 일종의 환원주의에는 주의해야 한다.

인간이란 존재가 그렇게 단순하지만은 않을 것이다.

남자들에겐
S라인도
식후경

이번 이야기는 요즘 자꾸 살이 쪘다고 고민하는 여성들에게 희소식이다.

　이런 여성들은 식사하기 전의 남성에게 대시한다면 성공할 가능성이 있다.

　최신 연구에 따르면, 남자는 배가 고플 때 어느 정도 살이 찐 여성을 선호하는 경향이 있고, 배가 부를 때는 마른 타입의 여성에게 끌린다고 한다.

　"남자가 배가 고플 때는 풍요로움을 느끼게 하는 신호를 원한다는 의미로 해석된다. 그리고 여성의 뚱뚱함을 풍요로

남자와 여자, 사랑을 느끼는 방식부터 다르다

움의 상징으로 받아들이고 있는 듯하다"고 미국 뉴욕 대학 스턴 스쿨 오브 비즈니스의 마케팅 조교수 리프 D. 넬슨(Leif D. Nelson) 박사는 말한다.

사실 경제 상태와 이상적인 여성에 관한 연구는 오래 전부터 해 왔던 연구다. 간단히 말하면 부자들은 마른 여성을 선호하고, 가난한 사람들은 뚱뚱한 여성을 선호한다고 한다.

마찬가지로 배가 부른 남성은 마른 여성을 좋아하고, 배고픈 남성은 뚱뚱한 여성을 좋아한다는 것이다.

왠지 수긍이 가는 이야기다. 뚱뚱한 여성이 마른 여성보다 풍요로운 인상을 준다.

넬슨 박사와 공동 연구자인 스탠포드 대학의 심리학자 에반 모리슨(Evan Morrison) 박사는 이런 사실을 실험으로 입증하기로 하고, 대학생을 대상으로 이 이론을 어떻게 검증할 것인지 고심했다고 한다.

배고픈 남자와 배부른 남자를 효율적으로 찾을 수 있는 곳은 대체 어디일까?

등잔 밑이 어둡다고, 해답은 바로 자신들의 눈앞에 있었다. 그들이 근무하는 대학의 식당에 가면 됐던 것이다.

식당에 들어가기 전의 학생은 말할 필요도 없이 공복 상태일 테고, 식당을 나오는 학생은 만복 상태일 것이기 때문이다.

이들 박사는 점심시간에 학생식당을 출입하는 몇 백 명의 남녀 학생들에게 '이상적인 이성상'을 묻는 앙케트 조사를 실시했다. 앙케트에는 머리 색깔, 키 등과 함께 체중에 관한 질문도 포함시켰다.

결과는 어떻게 나왔을까?

앙케트를 집계하자, 학생식당에 들어가기 직전에 앙케트에 응답한 학생은, 식당을 나와 앙케트에 응답한 학생보다 이상적인 여성의 체중이 3~4파운드$^{(약 1.36~1.81kg)}$ 더 나가는 편이 좋다고 대답했다.

역시 배고픈 학생 쪽이 좀 더 뚱뚱한 여성을 선택한 것이다.

어떤가? 너무 뚱뚱하다고 고민하고 있는 여성은 이 이야기에 혹 자신감이 생기지 않았는지? 남자란 족속은 배가 고프냐 부르냐에 따라 여성 취향도 달라지는 모양이다.

반면, 여성들의 답변은 어땠을까? 식욕에 따라 남성의 취향이 바뀌는 일은 없었다고 한다.

재미있는 결과다.

이 결과를 역사에 적용해 보면, 빈곤하고 모두가 굶주렸던 시대에는 뚱뚱한 여성이 인기가 많았다는 말이 된다.

인류 역사상 대부분의 시기가 기아와의 전쟁이었으므로

남자와 여자, 사랑을 느끼는 방식부터 다르다

대부분의 시대에 뚱뚱한 여성이 인기가 있었다는 것이리라.

옛날 일본화나 서양화의 미인도에 풍만한 여성들이 많이 등장했던 이유도 이젠 알 것 같다.

그렇다 해도 배가 고프냐 부르냐에 따라 여성 취향이 바뀌는 게 남자라니, 좀 한심한 생각이 든다.

여성의
오르가슴을
결정하는 유전자

이번에는 꽤 대담한 연구다.

여성에 따라 쉽게 오르가슴에 도달하는지 아닌지는 개인
차가 있다.

실제로 오르가슴에 쉽게 도달할 수 있는지
아닌지와 관련된 유전자가 존재한다고 한다.

뭐든 유전자로 돌리는군, 하는 생각이 드는 것도 사실이지
만, 일단 진지한 연구인 모양이니 이 자리에 소개하기로 한다.

미국 시카고 대학의 행동유전학자 키탐 다우드(Khytam Dawood)
박사팀은 쌍둥이 조사를 통해 여성이 오르가슴을 느끼는 방
식과 유전자의 관련성을 발견했다.

단, 연구팀은 유전적 요소가 모든 것을 결정하는 것은 아니라고 말한다.

오르가슴에 도달하느냐 아니냐와 같은 미묘한 문제에는, 유전적 요소 외에도 그때의 상황이나 분위기와 같은 환경적 요소가 작용할 것이다.

연구팀은 성행위의 방법에 따라 유전자의 영향 정도가 달라진다고 말한다.

다우드 박사는 성행위의 방법을 '혼자서 하는 성행위', '둘이서 하는 정상적인 성행위', '입을 이용한 성행위'와 같이 구분했다. 그리고 각각의 경우에 여성이 어느 정도 오르가슴에 도달하는지를 앙케트 조사한 것이다.

이 구분 방법 또한 실로 대담하기 짝이 없다.

이 조사에 협력한 사람들은 3000명 이상의 쌍둥이 자매들이었다.

또 이들 3000명 중에는 일란성과 이란성 쌍둥이들이 섞여 있었다.

일란성 쌍둥이는 한 개의 난자에 두 개의 정자가 결합한 것으로, 이들은 똑같은 유전자를 지닌다. 반면, 이란성 쌍둥이는 두 개의 난자에 각각 다른 정자가 결합한 것으로, 이들은 별개의 유전자를 지니고 있다.

따라서 두 종류의 쌍둥이를 조사함으로써 유전자가 관계하는지 아닌지를 알 수 있다는 것이다.

앙케트 결과, 흥미로운 사실을 알 수 있었다.

우선 '혼자서 하는 성행위'의 경우, 오르가슴에 도달한 여성들의 거의 50%는 유전자가 관련되어 있다는 사실이 밝혀졌다.

다음으로 '둘이서 하는 정상적인 성행위'에서는 31%가 유전자와 관련되어 있었다.

그 외의 방법, 즉 '입으로 하는 성행위'의 경우에는 37%가 유전자와 관련되어 있었다.

즉 '혼자서 하는 성행위'가 유전자적 요소와 가장 많이 관련되어 있었던 것이다.

잘도 이런 앙케트에 협력해 주었군, 하는 생각이 든다.

그렇다면 과연 이 실험 결과를 통해 무엇을 알 수 있다는 걸까?

다우드 박사의 말에 따르면, 오르가슴과 유전자의 관련성을 알게 됨으로써 오르가슴이 진화를 위해 일정 역할을 수행했다는 사실을 밝힐 수 있을 것이라고 한다.

성행위를 하면 왜 쾌감을 느낄까? 생각해 보면 불가사의한 일이다.

   그것도 인류의 진화와 관련이 있었구나, 하고 생각하니 감회가 새롭다.

포르노그래피, 정자의 질을 높인다

또 하나, 흥미진진한 해외 연구를 소개하겠다.

외국에서는 어째서 이 같은 연구가 활발하게 이루어지고 있는지 정말 궁금하지만, 과학자의 호기심이란 참으로 그 폭이 넓다는 사실을 실감하게 된다.

보통 결혼 전의 남성이라면, 한 번쯤 신세를 지는 것이 포르노그래피일 것이다.

그런데 최근 연구에서 포르노그래피가 남성 정자의 질을 높일 수 있다는 사실이 알려졌다. 단, 남녀가 모두 찍혀 있는 포르노그래피에만 해당되며, 여성만 있는 것은 효과가 없는 모양이다.

어딘지 사이비 과학 같은 냄새가 풀풀 나지만, 진지한 과학적 연구라고 한다.

이처럼 독특한 연구를 하고 있는 사람은 웨스트오스트레일리아 대학의 진화생물학자 리 시몬스(Leigh Simmons) 교수다.

박사는 무슨 이유로 포르노그래피와 정자의 관계에 주목하게 됐던 걸까?

그것은 이 연구가 동물의 정자 경쟁이라 부르는 진화론의 과정과 관련되어 있다고 생각했기 때문이라고 한다.

알 듯 모를 듯한 설명이지만, 이런 내용인 듯하다.

요컨대, 여성이 다른 남성과의 사이에서 수정이 이루어질 듯하면, 그 남성에게 질 수 없다는 생각이 들어, 정자의 양이 많아지고 정자의 질도 높아진다고 한다.

즉 여자와 남자가 함께 찍혀 있는 사진을 보면, 그 남자에 맞서 정자가 파워 업 된다는 말이다.

시몬스 박사는 이런 사실을 입증하기 위해 이틀 이상에 걸쳐 실험을 실시했다.

실험에 참가한 사람들은 52명의 이성애자 남성(18~35세)이었다.

그들에게 각기 2장의 사진을 보여 주었다. 한 장은 세 사람의 여성이 찍혀 있는 사진이고, 또 한 장은 여성과 두 사람의 남성이 찍혀 있는 사진이었다.

그리고 각각의 사진을 보여 줬을 때, 정액 샘플에서 1밀리리터당 정자 수가 얼마나 되는지를 측정했다. 또한 정자의 운동성과 헤엄치는 능력 등 난자를 수정시킬 능력이 어느 정도 되는지를 테스트했다.

그 결과, 여성과 남성이 찍힌 사진을 봤을 때는 여성만 찍혀 있는 사진을 봤을 때보다 정액의 운동성이 좋다는 사실이 밝혀졌다.

놀라운 일이다. 사진을 보는 것만으로도 그 정도로 차이가 생기다니!

이런 연구에 온 정열을 쏟고 있는 박사에게 호감이 간다.

이 세상에는 아이를 낳지 못해 인공수정에 매달릴 수밖에 없는 부부도 많다. 그런 경우 양질의 정자를 얻으려고 생각한다면 이 연구가 참고가 될지도 모른다.

남자와 여자, 사랑을 느끼는 방식부터 다르다

귀에서 나는 소리는
성적 취향과
관련이 있다

평상시에는 잘 느끼지 못하지만, 우리 귀에서는 희미한 소리가 난다고 한다. 외부의 소리가 귀로 들어왔을 때 내이(內耳, 속귀)에서 반향하는 소리로, 의학 용어로는 '이음향 방사(耳音響 放射)'라고 한다.

내이에는 외유모세포라는 신경세포가 있는데, 음의 진동이 전달되면 이 세포가 떨린다. 그러면 이번에는 이 외유모세포의 진동이 반대로 고막 쪽으로 전달되어 소리를 내는 것이다.

흔히 이명(귀울음)이 들린다는 말을 하곤 하는데, 정말로 귀가 울고 있는 것이다.

이음향 방사는 외유모세포에 손상이 있으면 일어나지 않

으므로, 현재는 유아의 청각을 검사할 때 이용하고 있다. 이 음향 방사가 없으면 청각에 장애가 있는 것이다.

지금까지 사람의 이음향 방사는 남성보다 여성이 강한 것으로 알려져 있다. 특히 성적으로 성숙한 여성과 남성의 소리 강도의 차이는 확연한데, 이 차이는 성호르몬의 영향으로 발생한다고 보고 있다.

미국 텍사스 대학의 심리학자 데니스 맥파든(Dennis McFadden) 박사팀은 붉은털원숭이와 얼룩점박이하이에나의 이음향 방사의 강도를 측정했다.

얼룩점박이하이에나는 미숙할 때 수컷, 암컷의 구분이 뚜렷하지 않고 중성적이므로 이음향 방사의 강도가 비슷하리라고 예상했다.

예상대로 성적으로 분화되어 있지 않은 하이에나 수컷 9마리와 암컷 7마리의 이음향 방사의 측정치는 비슷했다.

그 밖에도 이음향 방사 실험에서 재미있는 사실이 또 하나 밝혀졌다.

맥파든 박사에 따르면, 동성애자 여성이나 양성애자 여성의 이음향 방사는 이성애자 여성의 소리보다 약하다고 한다.

요컨대, 레즈비언 여성의 이음향 방사에서 발생하는 음의

남자와 여자, 사랑을 느끼는 방식부터 다르다

강도는 남성의 음에 가깝다는 것이다.

이와 같은 사실에 비추어 볼 때, 이음향 방사는 성적 취향과 관련이 있다고 볼 수 있다. 내이의 구조와 성호르몬은 밀접하게 관련되어 있을 것이다.

맥파든 박사는 내이와 미지(未知)의 뇌 구조가 성적 취향과 관련이 있을 것이라고 보고 있다.

귀에서 나는 소리와 성적 취향이라는 의외의 조합이 서로 관련되어 있다는 점이 매우 흥미롭다.

제 3 장

뇌과학,
감정의
수수께끼를
풀다

남을
쉽게 믿게끔 하는
호르몬

늘 남에게 속기만 한다고 넋두리를 하는 당신.

혹 당신의 뇌에는 옥시토신이 너무 많을지도 모른다.

옥시토신은 뇌의 시상하부에서 합성되는 호르몬으로, 여러 가지 **감정 작용**에 관여하는 물질로 알려져 있다.

또 모유 분비와 분만 시 자궁 수축을 유발하는 작용이 있다.

그런데 최근 이 호르몬의 또 다른 기능이 주목을 받고 있다.

놀랍게도 옥시토신을 코에 뿌리면 상대방에 대한 신뢰감이 커져 쉽게 속아 넘어간다는 것이다.

이 호르몬에는 사람을 쉽게 믿게끔 하는 작용이 있는 모양이다.

이와 같은 사실을 확인하기 위해 스위스 취리히 대학의 에른스트 페르(Ernst Fehr) 박사는 다음과 같은 실험을 했다. 그는 코에서 옥시토신을 흡수하도록 만든 스프레이식 점비약을 개발했다. 그리고 남학생 178명을 대상으로 실험을 실시했다.

먼저 그들 각자에게 옥시토신이나 위약 중 한 가지를 코에 뿌리도록 했다.

그리고 학생들에게 '투자가 게임'을 하도록 했다. 투자가 게임이란 학생이 투자가가 되어 수탁자에게 어느 정도의 돈을 투자할지를 조사하는 게임이다.

수탁자는 학생에게 투자액의 3배를 벌게 해 주겠다고 큰소리쳤다.

그러자 코에 옥시토신을 뿌린 학생은 45%가 이 말을 믿고 최고액을 투자했으며, 21%는 최저액을 투자했다.

그런데 위약을 뿌린 학생은 21%만이 최고액을 투자했고, 45%는 최저액을 투자했다.

전체적으로 보면, 옥시토신을 뿌린 집단이 위약을 뿌린 집단보다 17% 더 많이 투자했다.

즉 옥시토신을 뿌린 집단이 수탁자를 보다 더 많이 신뢰한 것이다. 데이터를 살펴보면 매우 확연한 차이를 보이므로, 옥시토신의 효과는 분명히 있다고 말할 수 있다.

이 연구에서 획기적인 점은 옥시토신을 코에 뿌려도 효과가 있다는 점이 입증되었다는 사실이다.

주사를 놓거나 투약할 필요 없이, 코로 냄새를 맡게 하는 것만으로 상대를 쉽게 신뢰하게 되다니!

곰곰이 생각해 보면, 무서운 기술이 아닐 수 없다. 사기꾼이나 악질 상법에 이용된다면, 평상시에는 믿지 않았던 사람도 믿게 될 위험성이 있기 때문이다.

페르 박사도 옥시토신이 악용될 우려가 있다고 경고했다.

뭔가 효과적인 옥시토신 사용법은 없는 걸까?

일단은 무턱대고 사람의 얼굴에 스프레이를 뿌리는 사람이 있다면, 무조건 피하고 보는 것이 좋겠다.

옥시토신이 부족하면
연애를
잘 못한다

옥시토신은 사람을 쉽게 신뢰하게 만들 뿐 아니라, 사람의 애정까지 좌우할지 모른다. 이런 생각을 하게 만든 실험이 있었다.

이 실험을 실시한 사람은 일본 가나자와 대학 의학계 연구과 교수 히가시다 하루히로(東田陽博) 박사다.

히가시다 박사의 전공은 신경과학과 신경화학으로, 뇌와 기억을 테마로 신경전달물질 수용체에 대한 연구를 하고 있다.

그는 'CD38'이라는 단백질을 만들지 못하는 쥐 약 30마리를 이용해 실험을 했다. CD38은 뇌에 많이 있으며, 이 단백질을 만들지 못하는 쥐는 이상행동을 보인다.

이들 쥐 중 90%는 기억 능력은 정상이었지만, 중요한 기능이 소실돼 있었다. 예를 들어, 수컷이 암컷을 인식하거나, 엄마 쥐가 집에서 멀리 떨어진 새끼 쥐를 집으로 돌아오게 하는 능력이 없었던 것이다.

다시 말해, 애정을 나타내는 행동을 할 수 없는 불쌍한 쥐들이었다.

또한 이 쥐들은 뇌내 옥시토신 농도가 매우 낮았다. 그래서 시험 삼아 옥시토신을 주사했더니 쥐의 행동이 정상으로 돌아왔다.

아무래도 CD38은 뇌내 옥시토신의 분비를 촉진시키는 효과가 있는 모양이다. 그리고 옥시토신은 애정 행동을 관장하고 있는 것으로 보인다.

무서운 옥시토신!

쥐를 대상으로 한 실험이기에 이 실험 결과를 곧바로 사람에게 적용시킬 수는 없지만, 연애를 잘 못하는 사람은 혹 그 원인이 옥시토신이 부족하기 때문일지도 모른다.

사랑이란 이런 물질이 제대로 분비되지 않으면 이뤄지지 않는 덧없는 것인지도 모른다.

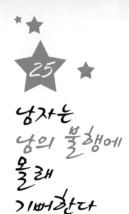

남자는 남의 불행에 몰래 기뻐한다

인간의 감정은 복잡하다. 타인을 사랑하기도 하고 증오하기도 한다. 남의 행복을 축복할 수도 남의 불행을 바랄 수도 있다.

유감스럽게도 '타인의 불행은 꿀맛'이라는 말이 있듯이, 남의 불행을 기뻐하는 경우도 있다.

그런데 남의 불행을 기뻐하는 감정이 여자보다 남자가 더 강하다는 결과를 보인 실험이 있었다.

바로 남의 불행을 봤을 때, 뇌에서 어떤 반응이 일어날까를 테스트한 연구팀이었다.

실험을 한 것은 영국 런던 대학의 유니버시티 칼리지의 연구팀이었다.

피험자들은 남녀 18명. 그들에게 촌극을 하나 보여 주었다. 극 내용은 머니게임을 테마로 한 것으로 배우 한 사람이 불법 사기행위를 저지른다.

그 후 피험자들 앞에서 이 불법 행위를 한 배우에게 가벼운 전기 쇼크를 실시한다.

그때 이를 지켜보는 실험 대상자들의 뇌 활동을 뇌 화상기술을 이용해 관찰했다.

이를 통해 뇌 속에서 '아픔', '공감', '보답을 받았을 때의 감정'과 관련된 부위 중 어느 부위가 활성화되는지를 알 수 있다.

결과는 여성과 남성이 서로 달랐다.

배우가 전기 쇼크로 괴로워하는 모습을 본 여성의 뇌에서는 아픔과 관련된 뇌 부위가 활성화되었다. 즉 상대의 고통을 느끼고 동정한 것이다.

이에 반해 남성의 뇌는 보답을 받았을 때의 감정과 관련된 뇌의 부위가 활발해졌다. 즉 '고소하다'와 같은 반응을 보인 것이다.

그러나 호의를 갖고 있는 인물이 괴로워하는 장면에서는

남녀 모두 공감과 아픔을 느끼는 부위가 활성화되었다.

비록 호의를 갖고 있지 않은 인물에 한해서이긴 하지만, 남자에게는 상대의 고통이 쾌감이었던 것이다.

이와 같은 반응은 권선징악을 테마로 한 액션 영화를 보고 좋아하는 사람들의 심리를 설명해 주고 있다. 이런 류의 이야기에서 악인은 최후에 벌을 받기 때문에 보고 있는 사람은 거기서 통쾌함을 느낀다.

이 실험 결과를 보니, 여성보다 남성이 악인을 징벌하는 권선징악적인 이야기를 더 좋아하는 이유를 알 것도 같다.

뇌과학, 감정의 수수께끼를 풀다

공포감은
입보다 눈으로
나타난다

남을 동정하거나 고소해하는 것은 사람에게 상대의 표정을 읽을 수 있는 능력이 있기 때문이다.

사람에게는 희로애락에 따른 얼굴 표정이 있다. 얼굴 표정은 성별이나 연령, 인종이나 문화의 차이를 넘어선 보편적인 것이다. 그러므로 외국인이든 어린이든, 그 얼굴을 보면 기뻐하고 있는지 슬퍼하고 있는지를 알 수 있다. 뭐, 개중에는 울다가 웃거나 웃다가 우는 것처럼 복잡한 표정도 있긴 하지만.

이처럼 사람의 표정을 읽을 수 있는 것은 뇌의 편도핵과 관련이 있다고 보고 있다. 따라서 편도핵이 손상되면 사람의 표정을 읽을 수 없게 되는 경우가 있다.

예를 들어, 사람의 얼굴을 보고 웃고 있는 표정과 슬퍼하는 표정은 구분할 수 있지만, 무서워하는 표정만은 구분하지 못한다.

그와 같은 환자인 S. M 씨를 검사한 사람이 미국 캘리포니아 공과대학의 신경과학자 랄프 아돌프스(Ralph Adolphs) 박사다.

38세의 여성 환자인 S. M 씨는 병 때문에 뇌의 편도핵이 손상됐다.

아돌프스 박사는 S. M 씨에게 여러 가지 표정의 얼굴 사진을 보여 주고, 그 사진들 중에서 어떤 감정을 읽을 수 있는지 검사해 봤다.

그러자 S. M 씨는 행복, 슬픔, 분노 등의 표정은 구분할 수 있었지만, 공포의 표정만은 구분하지 못했다.

그래서 아돌프스 박사는 S. M 씨가 사진을 보고 있을 때 눈의 움직임에 주목했다.

그랬더니 S. M 씨는 사진을 보고 있을 때 주로 코와 입에만 주목하고 눈은 보지 않는다는 사실을 알 수 있었다.

흥미롭게도 행복, 슬픔, 분노 등의 표정은 코와 입만 봐도 알 수 있다고 한다. 그러나 공포의 표정은 눈을 보지 않으면 알 수 없었던 것이다.

뇌과학, 감정의 수수께끼를 풀다

아돌프스 박사가 S. M 씨에게 사진 속의 눈 부분을 보도록 지시하자, 그녀는 공포의 표정을 점차 구분할 수 있게 되었다고 한다. 공포는 다른 어떤 부위보다 눈으로 표현되고 있었던 것이다.

내 생각에 공포란 감정은 아주 원초적인 감정이기에 다른 어떤 표정보다도 강조되고 있는 것이 아닐까? 그것이 눈으로 나타나는 것이다.

아돌프스 박사는 S. M 씨의 손상된 편도핵 부위는 우리들에게 무엇을 어떻게 봐야 하는지를 가르쳐 주는 부위일 것이라고 말한다.

만일 사람의 표정을 파악하기 위해서 얼굴이나 신체에 관한 모든 정보를 읽는다면, 정보량이 너무 많아서 오히려 판단을 내리기 어려울 것이다.

필요한 것은 표정을 구분하는 데 무엇이 중요한지, 어디를 보면 좋을지를 선택하는 것이다. 편도핵은 그와 같은 선택을 하는 기능을 갖고 있는 것으로 보인다고 박사는 말한다.

이 연구가 사람의 표정을 읽는 데 어려움을 느끼는 자폐증 환자들의 치료에도 도움이 될 것이라고 아돌프스 박사는 기대하고 있다.

이 실험을 통해 알게 된 사실은 표정 하나를 읽는 데도 실로 복잡한 메커니즘이 작용한다는 점이다. 우리는 무의식중에 어떤 경우에 무엇을 보면 좋을지를 판단하고, 그에 따라 상황을 읽어 내고 있다.

이처럼 정교한 뇌를 갖고 있다는 사실에 우리는 감사해야할 것이다.

뇌과학, 감정의 수수께끼를 풀다

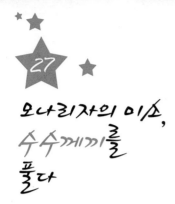

오나리자의 미소,
수수께끼를
풀다

표정 하면 떠오르는, 세상에서 가장 유명한 명화가 있다.

바로 레오나르도 다빈치의 〈모나리자〉다.

모나리자의 표정은 수수께끼의 미소라 하여, 예로부터 많은 사람들의 칭송을 받고 있다.

과연 그 미소에는 어떤 수수께끼가 숨겨져 있는 걸까? 이수수께끼를 푸는 프로젝트가 진행되었다. 네덜란드 암스테르담 대학과 미국 일리노이 대학의 연구자들이 모나리자의 미소에 담겨 있는 감정을 분석하는 소프트웨어를 개발한 것이다.

여성의 중립적인 얼굴 표정을 모두 수치화해 모나리자의

표정을 분석했다고 한다. 입술의 일그러짐과 눈 주위의 주름 등 세세한 요소도 분석했다.

그 결과, '행복 83%, 불쾌감 9%, 공포 6%, 분노 2%'라는 데이터가 나왔다.

단, 연구자들은 과학자가 모나리자의 표정을 정확하게 규명하는 일은 무리일지도 모른다고 덧붙였다.

모나리자의 미소는 행복이 대부분의 감정을 차지하지만, **불쾌감도 약간 동반**하고 있다. 가벼운 공포와 약간의 분노도 있다. 이렇듯 서로 모순된 표정이 한 얼굴에 자리 잡고 있는 것이다.

바로 이런 점 때문에 모나리자의 미소가 수수께끼의 미소로 회자된 것 아닐까?

모나리자의 실제 모델이 누구인지에 대해서는 여러 가지 설이 있고, 그중에는 다빈치 자신이라는 설까지 있다.

실제 모델이 누구였든 간에, 그때 그녀는 무엇을 느끼고 있었을까? 이 역시 영원한 수수께끼로 남겨질 듯하다.

뇌과학, 감정의 수수께끼를 풀다

빈정거림을
이해하는
뇌의 부위

인간의 위대한 능력 중 하나는 '빈정거리는' 말을 통해 상대를 빗대어 욕할 수 있다는 점이다.

빈정거림은 때때로 강력한 무기가 되기도 한다. 역사상 뛰어난 풍자문학은 빈정거림을 능숙하게 구사한 작품이라고 볼 수 있다. 대표적인 작품이 조나단 스위프트의 『걸리버 여행기』가 아닐까 한다. 『걸리버 여행기』는 전 인류에게 던진 장대한 빈정거림이었다.

이스라엘 하이파 대학의 시몬 샤메이-추리(Simone Shamay-Tsoory) 박사는 지원자를 이용한 실험을 통해 전부(前部) 전두엽에 장애가 있으면 빈정거림을 이해하지 못한다는 사실을 밝혀냈다.

예를 들어, 실험 지원자들에게 다음과 같은 문장을 읽도록 했다.

"출근한 조는 일을 시작하는 대신 자리에 앉아 쉬고 있었다. 이 모습을 본 상사는 '조, 그렇게 열심히 일하지 말게'라고 말했다."

정상적인 사람이라면 상사의 이 말이 빈정대는 말이라는 것을 금방 알 수 있다. 그러나 전부 전두엽에 장애가 있는 사람은 이 문장을 이해하지 못했다.

즉 전부 전두엽은 빈정거림을 이해하는 부위인 것이다. 인간은 특별히 빈정거림을 이해할 수 있는 시스템까지 갖고 있었던 것이다.

생각해 보면 빈정거리는 말을 이해할 수 없는 사람은 매우 정직한 사람이다. 오히려 빈정거리는 말 따위는 이해할 수 없는 편이 더 행복할지도 모른다.

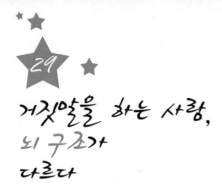

거짓말을 하는 사람, 뇌 구조가 다르다

보통 사람이라면 빈정거리는 말을 쏟아내고 나면 마음이 그다지 편치 않은 법이다. 하물며 거짓말을 할 때는 양심의 가책을 받게 된다.

그러나 사람들 중에는 천연덕스럽게 거짓말을 술술 하는 사람이 있다. 소위 허언증(虛言症)이 있는 사람들이다. 의도적으로 거짓말을 해도 아무렇지 않은 사람이 바로 사기꾼이라 불리는 무리다.

이 사람들의 거짓말은 병적이며, 조금도 양심에 찔리지 않는 듯 보인다.

아무래도 그들의 뇌 구조는 보통 사람들과는 크게 다른 모양이다.

이런 사실을 밝힌 과학자는 미국 서던캘리포니아 대학의 에이드리언 레인(Adrian Raine) 박사와 야링 양(Yaling Yang) 박사다.

지금까지 이루어진 연구를 통해, 정상적인 사람이 거짓말을 할 때는 전두엽 전부의 피질이 활동한다는 사실이 알려졌다.

앞에서 빈정거리는 말을 이해하는 부위라고 소개한 곳이다.

이 부위는 도덕적 행위나 후회 등과 같은 감정과도 관련되어 있다고 한다.

그래서 연구진은 병적 허언증을 앓고 있는 사람들의 전부 전두엽 활동을 조사해 보기로 했다.

실험에서는 병적 허언증 환자 12명, 인격 장애가 있지만 거짓말은 하지 않는 사람 16명, 정상인 21명을 실험 대상자로 삼았다. 이들에게 심리 검사와 인터뷰를 하고 그때의 뇌 모습을 MRI로 관찰했다.

그랬더니, 각각의 사람들은 전부 전두엽에서 회백질(灰白質)과 백질(白質) 부위의 비율이 다르다는 점이 밝혀졌다.

병적 허언증 환자의 뇌는 다른 이들보다 회백질이 적고 백질이 많았던 것이다.

구체적인 숫자로 말하면, 병적 허언증 환자는 회백질이 정상인보다 14% 적었다. 또한 백질은 정상인보다 22% 많았고, 인격 장애자보다 26% 많았다.

이와 같은 사실이 의미하는 바는 무엇일까?

연구진이 주장하고 있는 내용을 정리하면, 이렇다.

신경세포는 신경세포체와 신경섬유로 이루어져 있는데, 이 중 신경세포체들이 모여 있는 것이 회백질이다. 그리고 신경섬유들이 모여 있는 것이 백질이다.

회백질이 적으면 도덕적 감각이 마비되어 있다는 뜻이고, 백질이 많다는 것은 신경세포가 발달해 있어 거짓말을 지어내는 능력도 발달해 있다는 뜻이다.

연구진의 주장은 대충 이런 의미인 듯하다.

말하자면 천연덕스럽게 거짓말을 하는 사람들은 전부 전두엽의 회백질이 적고 백질이 많을 가능성이 있다는 말이다.

생각해 보면, 거짓말을 지어내는 것은 어느 정도 머리가 좋아야 가능한 일이다. 사기꾼은 지능범이 아니면 할 수 없다.

이런 사람들은 백질이 잘 발달해 있다는 의미일 것이다.

하지만 그 사람이 거짓말을 하는지 안 하는지를 알아보기 위해 일일이 회백질과 백질의 양을 측정해 볼 수는 없는 노릇이다.

따라서 사기를 당하지 않으려면 귀가 솔깃해지는 이야기, 너무 그럴싸한 이야기에는 주의를 기울이는 수밖에 별 도리가 없을 듯하다.

뇌과학, 감정의 수수께끼를 풀다

에로틱한 이미지에 부디 조심하세요!

'이모션 인듀스드 블라인드니스(emotion-induced blindness)'라는 현상이 있다.

감정이 자극을 받으면 한순간 눈앞이 깜깜해지는 현상이다.

예를 들어, 좀 야한 사진이나 폭력적인 이미지를 보여 주면, 그 직후에 제시된 화상은 못 보고 놓쳐 버리는 것이다.

실제로 실험을 통해 이를 확인한 사람이 있다. 미국 테네시 주에 소재하는 반다빌트 대학의 데이비드 잘드(David Zald) 박사 팀은 지원자를 대상으로 몇 백 장이나 되는 사진을 연속적으로 보여 주는 실험을 했다.

사진 속에는 목표 사진이 포함되어 있어 이를 지원자들이 찾도록 했다. 제시된 사진 대부분은 풍경이나 건물 사진이었다. 단, 몇 장 정도는 야한 사진이나 폭력적인 사진이 들어 있었다.

그런데 야한 사진이나 폭력적 사진이 목표 사진을 보여 주기 전에 제시되면, 지원자들은 목표 사진을 발견하지 못했다.

보다 정확하게 말하면, 자극적인 사진을 보여 준 후 5분의 1초 이내에 제시된 사진은 발견하지 못했고, 자극적이지 않은 사진 다음에 제시된 목표 사진은 발견할 수 있었다.

'이모션 인듀스드 블라인드니스' 현상이 일어난 것이다.

그런데 그렇다고 해서 뭐가 어떻다고 이런 실험을 한단 말인가?

이유는 이런 현상이 일어나서는 안 되는 장소가 있기 때문이다.

예를 들어, 도로 곁에 선정적인 간판이 놓여 있다고 가정해 보자. 그러면 중요한 도로 표지를 못 보고 놓칠 우려가 있다.

간판이라는 것은 원래 사람들의 눈에 잘 띄게 할 목적으로 제작하는 것이므로 알게 모르게 이미지가 강렬해지게 마련이다. 물론 야한 이미지로 남자의 마음을 끌려고 하는 간판도 있을 수 있다.

뇌과학, 감정의 수수께끼를 풀다

그런데 도로 가에 이런 간판을 놓아두면 사고가 일어날 가능성이 있다. 따라서 너무 자극적인 간판은 규제하는 것이 좋다는 말이다.

하지만 왜 이모션 인듀스드 블라인드니스와 같은 현상이 일어나는지에 대한 이유는 해명되지 않았다.

잘드 박사는 단지 뇌의 편도핵과 관련이 있을 것이라고 추측하고 있다.

편도핵에 장애가 있는 환자는 폭력적인 이미지에 반응하지 않고 목표 사진을 발견할 수 있었기 때문이다. 그러나 섹시한 이미지가 제시되었을 때는 목표 사진을 발견할 수 없었다고 한다.

폭력적인 이미지에는 반응하지 않으면서 선정적인 사진에는 분명하게 반응한다는 점이 흥미롭다. 아마 폭력적 이미지와 에로틱한 이미지를 처리하는 뇌의 부위가 다른 모양이다.

어쨌든, 차를 운전하고 있을 때는 야한 간판이 보여도 곁눈질하지 말고 조심스럽게 운전하는 것이 좋다. 남성 여러분, 부디 명심하세요!

제4장

신체 구조의 차이, 타고난 능력을 결정한다

여성 약지의 비밀!

차를 주차하는 데 애를 먹는 여성들이 많다. 여기에는 흔히 여성의 공간 인지능력이 남성보다 떨어지기 때문이라는 설명이 붙는다.

물론 이 말이 여성이 남성보다 열등하다는 의미는 아니다. 그저 그런 경향이 있다는 말일 뿐이다.

그러나 여성들 중에서도 어떤 신체적 특징을 지닌 사람은 공간 인지능력이 뛰어나다는 사실이 밝혀졌다.

이와 같은 사실을 알아낸 과학자는 독일 기센 대학의 페트라 켐펠(Petra Kempel) 박사다. 그는 학생 지원자 40명을 대상으로 공간 인식, 숫자, 언어 등의 인지능력을 조사하는 실험을 실시했다.

그런데 전반적으로 여성은 남성보다 공간 인지능력이 떨어지는 경향을 보였다. 그러나 여성들 중에서도 높은 공간 인지능력을 보이는 이들이 있었다.

이런 여성들을 관찰했더니, 약지(넷째 손가락)의 길이가 검지(둘째 손가락)보다 길다는 사실을 알 수 있었다. 참으로 자세히도 관찰했구나 싶다.

한번 자신의 손가락 길이를 자세히 살펴보자. 보통 남성의 약지는 검지보다 길지만, 여성은 두 손가락의 길이가 거의 비슷한 경향을 보인다.

그러나 예외적으로 검지보다 약지가 긴 여성은 공간 인식 능력이 뛰어났던 것이다.

이로써 손가락의 길이와 호르몬 사이에 상관관계가 있다는 사실이 밝혀졌다.

남성호르몬인 테스토스테론의 양이 많은 여성은 적은 여성보다 **약지가 긴 경향**이 있었던 것이다. 아무래도 **테스토스테론의 양이 많은 쪽**이 공간 인지능력이 뛰어난 모양이다.

따라서 일반적으로 남성이 여성보다 주차를 잘한다. 여성이라도 테스토스테론의 양이 많은 사람은 운전을 잘한다는 말이 된다.

그렇다고는 해도 약지의 길이와 운전을 잘하고 못하는 것이 관련되어 있다니, 재미있지 않은가?

또한 약지의 길이가 검지보다 긴 여성은 스포츠 능력도 뛰어난 경향을 보인다는 사실이 밝혀졌다.

런던에 있는 킹스칼리지 쌍둥이 연구부의 팀 스펙터(Tim Spector) 교수는 25세에서 79세의 영국인 여성 쌍둥이의 손을 측정하고, 이들 여성이 평생 동안 쌓은 스포츠 실적을 비교해 보았다.

그러자 검지보다 약지가 긴 여성 쪽이 달리기 능력이 뛰어나다는 점이 판명되었다.

정말로 그처럼 확실한 결과가 나왔다니, 놀라울 따름이다.

이 실험에 대해 알고 난 뒤부터는 나도 모르게 여성의 약지에 눈이 간다.

아, 그렇지! 약지가 길다고 해서 그 여성이 남성적이라는 뜻은 아니니 부디 오해는 마시길!

자신의 의지와
무관하게
움직이는 손

운동 능력이란 뇌가 얼마나 몸을 잘 조종할 수 있느냐에 달려 있다.

그런데 자신의 몸을 원활하게 조종할 수 없다면 어떻게 될까?

이번에는 매우 기묘한 병의 사례를 소개하려고 한다.

이 병의 증상은 한쪽 팔이 돌연 자신의 의지와 무관하게 움직이기 시작하는 것으로, 이와 같은 병증을 아나키 핸드 또는 에일리언 핸드라고 부른다.

지금까지 수많은 아나키 핸드 환자를 봐 온 영국 애버딘 대학의 신경심리학자 세르지오 델라 살라(Sergio Della Sala) 교수에

신체 구조의 차이, 타고난 능력을 결정한다

따르면, 이 병의 증상은 구체적으로 다음과 같다.

예를 들어, 한 환자는 저녁식사 때 자신의 왼손이 먹다 남은 음식물 속에서 생선뼈를 집어 입에 넣기 시작했다. 그녀는 스스로도 자신의 왼손이 그 같은 움직임을 보이는 데 깜짝 놀랐다고 한다.

또 다른 환자는 그녀의 손이 자기 멋대로 움직인다고 불평하며, 그 손을 때리거나 그 손을 향해 소리소리 지른다고 한다.

이와아키 히토시(岩明均)의 『기생수(寄生獸)』라는 만화를 본 적이 있는가? 이 만화에서는 주인공의 한쪽 팔에 에일리언이 기생해 제멋대로 움직이기 시작한다.

말 그대로 에일리언 핸드다.

이와 똑같은 일이 현실에서 일어날 수 있다는 사실이 놀라울 뿐이다.

아나키 핸드 환자는 지금까지 전 세계적으로 40명이 발견된 것으로 기록되어 있는데, 대부분의 환자는 뇌의 일부가 외상이나 뇌일혈 등의 원인으로 손상돼 있었다.

아무래도 우리의 몸은 내버려 두면 외부 환경에 맞춰 제멋대로 움직이는 모양이다. 평상시에 그 같은 일이 일어나지 않는 것은 그런 움직임을 제어하고 있는 부위가 뇌에 있기 때문이다.

그런데 그 부위가 손상이 되면 몸의 일부가 제멋대로 움직이는 것을 막을 수 없게 된다.

우리는 평소 자신의 팔다리를 마음먹은 대로 움직이는 일을 아무렇지 않게 생각했는데, 거기에도 미묘한 뇌내 시스템이 관련돼 있었던 것이다.

신체 구조의 차이, 타고난 능력을 결정한다

초능력자는 왼손잡이

앞의 이야기는 한쪽 손이 자신의 의지와 무관하게 제멋대로 움직이게 된 환자 이야기였지만, 보통 누구든 즐겨 쓰는 손이 있어 그쪽 손이 다른 쪽 손보다 훨씬 제어하기 쉽다.

왜 오른손잡이와 왼손잡이가 있는지 궁금하지만, 그 원인은 아직 명확하게 밝혀지지 않았다.

그런데 어느 박사에 따르면, 앞으로 왼손잡이의 수가 늘어날 것이라고 한다.

그리고 왼손잡이가 늘어남에 따라 인류는 좀 더 개선된 방향으로 진화해 갈 것이라고 말한다. 단, 이 기사는 신빙성이 좀 떨어지므로 이를 감안하고 읽어 주기 바란다.

러시아의 한 전문가에 따르면, 현재 전 인류 중 10명에 한 명은 왼손잡이라고 한다. 실제 통계상으로 그와 유사한 데이터가 나와 있는 모양이다.

그렇다면 현재 전 세계에는 약 6억 명의 왼손잡이가 있다는 말이 된다.

이 전문가의 예상에 따르면, 2020년까지 왼손잡이는 10억 명으로 늘어날 것이라고 한다.

이 전문가, 즉 러시아의 생물학자 알렉산더 두보프(Alexander Dubov) 박사에 따르면, 2005년에 태어난 왼손잡이 유아의 수는 1995년에 태어난 왼손잡이 유아 수의 2배에 이른다.

"세계는 서서히 변화하고 있다. 이는 퇴보가 아니라 오히려 인간이 완벽해진다는 것을 의미한다."

왼손잡이가 늘어남에 따라 인류는 진화를 완성할 수 있다는 것이다.

이 말이 도대체 무슨 뜻일까?

두보프 박사에 따르면, 오른손잡이보다 왼손잡이의 IQ가 더 높은 경향을 보인다고 한다.

또한 "초능력자들 중 많은 사람들이 왼손잡이"라고 의학자 알렉산더 리(Alexander Lee) 박사는 말한다.

"원격 투시, 텔레파시, X선 투시 능력을 가진 사람들 중 오

신체 구조의 차이, 타고난 능력을 결정한다

른손잡이는 거의 없다."

이 말이 사실일까?

그리고 왼손잡이가 늘어남에 따라 인류는 지금보다도 더 지적이고 초감각적으로 변해 간다고 한다.

어쩐지 사이비 과학 냄새가 물씬 난다.

러시아 과학자들 중에는 이런 사람들이 많아서 좋다. 물론 러시아에도 훌륭한 과학자들이 많지만, 때로는 이런 과학자의 말을 듣는 것도 재미있다.

이들은 어머니 뱃속에 있을 때 오른손잡이나 왼손잡이가 결정된다고 말한다.

초음파 카메라로 태아의 행동을 관찰했을 때, 태아가 왼손을 입에 넣으려고 하면 그 태아는 왼손잡이로 태어난다는 사실을 발견했다.

대개 태내에서 3~4개월 사이에 태아의 뇌 속에서는 무언가가 일어나는데, 그때 **왼손이 오른손보다 지배적인 역할**을 하게 되면 태아의 뇌에서는 중대한 변화가 일어난다고 한다.

그에 따라 왼손잡이는 특수한 능력을 갖게 된다는 것이다.

또한 왼손잡이는 예술적 능력도 타고난다.

이렇듯 왼손잡이에게는 좋은 일투성이다.

왼손잡이 여러분, 왼손잡이는 매우 이점이 많은 듯합니다.

뭐, 그렇다 해도 왼손잡이 중에 초능력자가 많다는 말은
의심스럽지만⋯⋯.

신체 구조의 차이, 타고난 능력을 결정한다

왼손잡이는
오른손잡이보다
돈을 잘 번다

왼손잡이가 오른손잡이보다 인생에서 더 쉽게 성공할 수 있
다는 연구 결과가 있다.

이 연구는 미국 라파예트 대학의 크리스토퍼 루벡 교수, 존
스 홉킨스 대학의 조지프 해링턴 교수, 로버트 모핏 교수가
한 연구로, 전미경제연구소에서 발간한 논문을 통해 발표되
었다.

이들이 실시한 조사에 따르면 대졸 남성은 왼손잡이가 오
른손잡이보다 약 26%나 더 많은 급료를 받고 있다는 사실이
밝혀졌다.

역시 왼손잡이는 특수한 능력을 갖고 있는 걸까?

분명 왼손잡이들은 손재주가 좋다고 한다. 왼손잡이는 오른손도 연습하면 능숙하게 사용할 수 있으므로 손재주가 좋을 수밖에 없는 것이리라.

일상생활에서는 여러모로 불편한 점이 많은 모양이지만, 왼손잡이에게 유리한 점도 있을 듯싶다.

단, 이 연구에서 차이를 보인 것은 남성뿐이고, 여성에게서는 왼손잡이와 오른손잡이 간에 별다른 차이를 볼 수 없었다고 한다.

이것도 왜 그런지 궁금하다.

신체 구조의 차이, 타고난 능력을 결정한다

제 5 장

잠재의식,
욕망을 지배하는
힘이다

웃으면 장수한다

웃음이 건강에 좋다는 사실은 잘 알려져 있다.

국내외에서도 웃음과 건강의 관계에 대해 다양한 연구가 이루어지고 있다. 예를 들어, 니혼 의과대학의 다카야나기 가즈에(高柳和江) 조교수는 코미디 비디오를 피험자들에게 보여 준 후 혈액검사를 했더니, 면역세포인 NK세포가 활성화되어 있다는 사실을 발견했다.

해외에서도 심장병을 예방하기 위해서는 영화 〈메리에겐 뭔가 특별한 것이 있다〉(캐머런 디아즈 주연의 코미디 영화)를 보는 것이 좋다고 주장하는 박사가 있다.

미국 메릴랜드 주 발티모어에 소재하는 메릴랜드 대학 메디컬센터의 마이클 밀러(Michael Miller) 박사(예방심장학)가 그 장본인이다.

밀러 박사와 동료는 과거에 심장 발작을 일으켰던 적이 있는 환자 및 동맥에 혈전이 생긴 환자와 인터뷰를 한 결과, 이들 환자는 심장병이 없는 사람들보다 보통 잘 웃지 않는다는 사실을 알아냈다.

밀러 박사가 이런 조사를 한 이유는, 박사는 어렸을 때부터 웃는 것을 좋아하고 농담에 관한 책을 많이 수집하고 있었기 때문이란다.

매우 독특한 이력을 가진 교수인 모양이다.

또한 밀러 박사는 여성 환자 10명과 남성 환자 10명에게 두 편의 영화를 15분씩 보도록 부탁했다.

하나는 스티븐 스필버그 감독의 〈라이언 일병 구하기〉(제2차 세계대전의 박진감 나는 전쟁 장면으로 유명)였고, 또 하나는 〈메리에겐 뭔가 특별한 것이 있다〉였다.

박사는 〈라이언 일병 구하기〉는 환자에게 스트레스를 주는 영화의 대표로서, 〈메리에겐 뭔가 특별한 것이 있다〉는 한바탕 크게 웃을 수 있는 영화로 선정했다.

나 역시 이 두 편의 영화를 모두 봤기 때문에 밀러 박사가 선정한 이유를 능히 짐작할 수 있었다.

〈라이언 일병 구하기〉의 첫 전쟁 장면은 박진감이 넘쳐, 보고 있으면 현기증이 날 지경이다. 분명 스트레스를 주는 영화였다.

반대로 〈메리에겐 뭔가 특별한 것이 있다〉는 눈물이 나올 정도로 박장대소했다.

바로 〈라이언 일병 구하기〉와는 정반대의 영화라고 할 수 있다.

이제 본론으로 돌아와 실험에 관한 이야기를 하자면, 건강한 심장혈관이라면 수축한 후에는 재빨리 확장을 한다.

연구팀은 각각의 영화를 보기 전과 본 후에, 지원자들의 팔 동맥에 압력을 가해 수축한 혈관이 확장하는 데 어느 정도 시간이 걸리는지를 조사했다.

그러자 〈라이언 일병 구하기〉를 본 후에는, 영화를 보기 전보다 혈관이 확장하는 속도가 35%나 느려졌으나 〈메리에겐 뭔가 특별한 것이 있다〉를 본 후에는, 영화를 보기 전보다 혈관이 확장하는 속도가 22%나 빨라졌다.

즉 스트레스가 쌓이는 영화보다 코미디 영화가 혈관 건강을 위해서는 좋다는 것이다.

그 이유가 무엇 때문인지는 아직 명확하게 밝혀지지 않았지만, 두 가지 가설이 있다.

하나는 뇌내 엔도르핀과 관련돼 있다는 설이다.

또 하나는 웃음을 통해 내피(內皮)에서 산화질소(혈관 벽의 일부를 이완시키는 작용을 한다)를 방출하기 때문이라는 설이다.

어쨌든, 이 실험 후에 밀러 박사는 심장병 환자에게 코미디 영화를 보도록 권하고 있다고 한다.

웃음이 건강에 효과적이라는 사실은 널리 알려져 있지만, 이 실험을 통해서 다시 한 번 그 효과가 입증되었다고 해도 좋으리라.

이런 점을 감안한다면, 개그맨들은 우리에게 건강이라는 소중한 보물을 선물하고 있는지도 모른다.

공짜로
할 수 있는
잠재의식 다이어트

세상에 난무하는 다이어트 방법 중 거의 대부분은 ○○를 먹으면 살이 빠진다고 한다.

하지만 그것만 먹으면 살이 빠진다는, 다이어트하는 사람들의 입맛에 딱 맞는 최고의 음식이란 존재하지 않는다. 다이어트에 좋은 음식이라고 알려진 한천이나 낫토(대두를 낫토균을 이용해 발효시킨 일본 전통 음식 - 옮긴이)도 그저 먹는 것만으로는 살이 빠지지 않는다. 그 음식 외에 칼로리가 높은 음식을 먹으면 아무런 효과가 없고, 운동을 병행해야 효과가 있다.

그러나 여기에 소개하는 미국 코넬 대학의 브라이언 완싱크(Brian Wansink) 박사가 권하는 다이어트 방법은 돈도 들지 않고, 합리적인 방법이다.

완싱크 박사에 따르면, 다이어트의 관건은 잠재의식에 있다고 한다.

이 말이 무슨 뜻일까?

우리는 보통 무의식중에 뭔가를 먹는 습관이 있다.

완싱크 박사가 실시한 조사에 따르면, 우리는 매일 200번이나 무의식적으로 먹는 것과 관련된 판단을 내린다고 한다.

기억나지 않는가? 무의식중에 스낵 과자에 손을 뻗었던 일이……

그 같은 위험성에 하루에 200번이나 노출된다는 사실이 놀랍다. 그 한 입 한 입이 비만의 근원이 되고 있는 것이다.

완싱크 박사는 집 부엌을 연상시키는 실험실을 갖고 있는데, 그 실험실에서는 매직미러와 감시 카메라가 설치되어 있어, 피험자의 행동을 관찰할 수 있도록 되어 있다.

피험자는 마치 자기 집에 있는 것처럼 편안하게 보내도록 지시를 받는다.

이렇듯 여러 명의 피험자를 관찰하는 동안에 식행동(食行動)에 관한 재미있는 사실이 밝혀졌다.

예를 들어, 초코볼은 색깔이 다양할수록 더 많이 먹게 된다.

영화를 볼 때는 우울한 영화 쪽이 코미디 영화를 볼 때보다 팝콘을 더 많이 먹게 되는 경향이 있다.

또 덜어 먹는 접시는 작은 쪽이 큰 쪽보다 적은 양의 요리를 담게 된다.

그릇 바닥에 튜브를 장착해 스프를 보충하는 장치를 만들고 아무리 먹어도 스프가 줄지 않도록 했더니, 피험자는 얼마든지 계속 먹었다. 1리터 가까이 먹은 사람도 있다고 한다.

이것은 모두 우리 자신도 모르는 사이에 취하게 되는 식행동이다.

완싱크 박사는 이런 무의식적인 식행동 중 일부만이라도 의식적으로 바꿈으로써 과식을 막을 수 있다고 말한다.

예를 들어, 접시는 작은 것을 고르고, 과자는 눈에 띄는 곳에 두지 않는다. 살 때는 작은 봉지에 든 것을 고른다는 식이다.

이런 행동만으로도 하루에 100~200칼로리는 줄일 수 있다고 한다.

어떤가? 어차피 공짜로 할 수 있는 다이어트 방법이니까 시험 삼아 한번 해 볼 만하지 않을까?

어느 것이나 쉽게 실천할 수 있다는 점도 마음에 든다.

식욕을 억제하는 단백질

다이어트에 실패하는 사람들은 대부분 무리한 감량계획을 세우거나 혹은 식사량을 줄이지 않는 편한 다이어트 방법에 매달린다.

그러나 가장 확실한 다이어트 방법은 적절한 운동과 적정량의 식사를 하는 것이다. 하긴 그게 잘 안 되니까 문제지만.

그런데 다이어트 특효약이 될 가능성이 있는 물질이 발견되었다. 이 물질을 발견한 사람은 일본 군마 대학 대학원 모리 마사토모(森昌朋) 박사가 이끄는 연구팀이다.

지금까지 식욕을 억제하는 작용이 있는 물질로 알려진 것은 레프틴이었다. 레프틴은 지방세포가 분비하는 단백질로, 비만을 막는 작용을 한다. 비만인 사람들은 대부분 이 레프틴이 기능하지 않고 있다고 한다.

이와 별도로 모리 박사팀은 뇌세포가 분비하는 9종류의 단백질에 주목해, 그중 하나가 레프틴처럼 식욕 억제 작용이 있다는 사실을 발견했다.

그 단백질이 바로 '네스파틴-1(nesfatin-1)'이다.

왠지 이름이 믿음직스러워 기대되는 물질이다.

이 '네스파틴-1'은 시상하부에 작용해 식욕을 억제한다. 시상하부는 뇌 속에서 식욕을 조절하는 역할을 담당하고 있다.

쥐를 이용해 네스파틴-1을 실험한 결과, 레프틴이 기능하지 않게 된 비만 쥐에서도 뇌수액 속에 네스파틴-1을 주사하면 보통 쥐보다 하루 섭취량이 약 30%나 줄었다고 한다. 11일 후에는 피하지방이 약 20%, 내장지방은 약 30%나 줄었다.

참으로 경이로운 속성 다이어트가 아닌가? 내장지방이 30%나 줄었다는 사실이 무엇보다 반갑다. 이 방법이라면 메타볼릭 신드롬(내장비만증후군)도 두렵지 않다.

아직 동물실험 단계이긴 하지만, 미래에 다이어트 특효약으로 쓰일 날이 올지도 모른다.

배꼽시계는
머릿속에 있었다

우리는 식사 때가 되면 자동적으로 배가 고파진다. 소위 배꼽시계가 울리는 것이다.

배꼽시계라고 하니 뱃속에 있을 듯싶지만, 사실은 뇌 속에 있다.

야나기사와 마사시(柳沢正史) 교수와 텍사스 대학 교수들로 구성된 미일 연구팀은 쥐를 대상으로 한 동물 실험에서 배꼽시계가 있는 부위를 찾아냈다. 그 부위는 지금까지 알려져 있던 체내시계와는 다른 곳이었다.

체내시계란 약 24시간(혹은 25시간) 생체리듬을 조정하는 시계로, 뇌의 시교차상핵(視交叉上核)이라 부르는 부위에 있다.

잠재의식, 욕망을 지배하는 힘이다

이 체내시계가 수면이나 체온 등과 같은 몸의 사이클을 관장한다.

쥐의 경우에는 야행성 동물이므로 밤에 먹이를 찾고 낮에는 잠을 잔다. 이는 체내시계가 빛의 자극에 의해 하루의 리듬을 조절하고 있기 때문이다.

그러나 낮에만 먹이를 찾을 수 있는 환경에 놓이게 되면, 쥐는 낮과 밤을 바꿔 생활하게 된다. 이는 보통 체내시계의 리듬과는 정반대의 리듬으로, 아무래도 체내시계와는 다른 시계가 기능하고 있다고밖에 생각할 수 없다.

그래서 밤과 낮이 바뀐 쥐와 정상적인 쥐의 뇌를 비교해 보았더니, 밤과 낮이 바뀐 쥐는 시상하부 배내측핵(背內側核) 부분이 24시간 주기의 리듬을 조절하는 시계의 역할을 하고 있다는 사실이 밝혀졌다.

이것은 빛으로 조절되는 체내시계와 달리, 식사 주기에 의해 조절되는 시계, 즉 배꼽시계로 추정된다고 한다.

정말로 배꼽시계(뱃속이 아니라 뇌 속에 있었지만)가 존재하고 있었던 것이다.

단, 이 배꼽시계가 사람에게 있는지 없는지는 아직 확인되지 않았다. 그러나 있다고 해도 전혀 이상하지 않을 듯싶다.

야나기사와 교수는 이 연구가 식행동의 조절 원리를 밝히고, 비만 예방에 도움이 되기를 기대하고 있다.

　어쩌면 비만은 배꼽시계가 고장이 나서 비롯된 것인지도 모른다. 그리고 그 고장을 고치는 방법이 발견된다면, 아마도 비만 예방에 도움이 될 것이다.

잠재의식, 욕망을 지배하는 힘이다

인간은 동면할 수 없다?

여러분은 매서운 추위로 꽁꽁 얼어붙는 겨울이 오면 곰처럼 동면하고 싶다고 생각해 본 적이 혹 없는지? 어쩌면 미래에는 인간도 동면할 수 있게 될지 모른다.

포유류 중 동면하는 동물로는 곰 외에도 다람쥐가 있는데, 이들은 어떻게 동면할 수 있게 된 걸까?

미쓰비시화학 생명과학연구소의 곤도 노리아키(近藤宣昭) 주임연구원이 이끄는 연구진은 다람쥐로부터 동면을 제어하는 물질을 찾아냈다.

바로 HP(동면 특이적 단백질)의 복합체가 되는 물질이다.

이 단백질은 간에서 만들어져 혈액 속에 존재하는데, 동면기에 이르면 HP의 체내 혈중 농도는 저하되지만, 뇌 속에서의 혈중 농도는 상승한다.

시험 삼아 동면 중인 다람쥐에게 뇌 속에서의 HP 작용을 억제하는 조작을 하자, 다람쥐는 동면을 중단했다.

이와 같은 사실에서 HP가 동면을 관장하는 물질임을 확인할 수 있었다.

실제로 동면 중인 다람쥐의 몸속에서는 불가사의한 현상이 일어난다.

다람쥐는 동면 중에는 체온이 떨어진다. 보통 체온이 떨어지면 혈류가 줄어들어 뇌나 심장을 손상시키고, 생명에 지장을 초래한다.

그런데 다람쥐는 왜 동면 중에 체온이 떨어져도 아무 이상이 없는 걸까?

아무래도 HP에는 체온이 내려가도 뇌나 심장을 보호하는 기능이 있는 듯하다. 이는 사람에게는 없는 기능이다. 게다가 동면 중에는 면역력이 높아져, 동면하는 다람쥐는 동면하지 않는 쥐보다 오래 사는 경향이 있다고 한다.

이와 같은 동면의 장점을 고려한다면, 사람이 동면할 수 없다는 사실이 유감스러울 뿐이다.

잠재의식, 욕망을 지배하는 힘이다

그러나 곤도 씨에 의하면, 동면하지 않는 포유류에게도 HP를 이용해 동면 중과 같은 생체 보호 상태를 만들어 낼 수 있을 것이라고 한다. 사람에게 적용할 수 있게 될 때까지 시간이 더 필요하겠지만, 인공 동면이 가능해진다면 우주여행이나 의료 분야에도 큰 도움이 될 것이다.

아, 나도 동면하고 싶다!

제6장

기억,
나를 지배하는
불가사의한
본능이다

처음 온 곳인데
언젠가 와 본 듯한
느낌이 드는 이유

분명 처음 온 장소인데 언젠가 와 봤던 곳처럼 느껴진다. 또는 이런 일이 과거에도 있었던 것 같은 생각이 든다.

이런 느낌을 이른바 '데자뷰(기시감)'라고 한다.

그렇다면 데자뷰 현상은 왜 일어나는 걸까? 지금까지 여러 가설들이 나왔지만, 아직 명확한 결론은 나지 않았다.

데자뷰에 관한 가설들 중에는 데자뷰를 전생 체험의 증거라고 여기는 것도 있다. 혹은 일종의 예지 능력이 관여하고 있다는 설도 있다(설마 그럴라고?).

그런데 최근에 와서 드디어 데자뷰의 정체가 과학적으로 해명되고 있다.

미국 스탠포드 대학의 존 D. E. 가브리엘리(John D. E. Gabrieli) 박사는 뇌의 해마와 해마방회(海馬傍回)라는 영역이 데자뷰와 관련이 있을 것으로 보았다.

조금 어려운 이론이지만, 내가 이해한 범위 내에서 설명하면 다음과 같다.

해마는 의식적으로 과거의 일을 떠올릴 수 있다. '어제 저녁밥으로 무엇을 먹었지?'와 같은 경우에 기능한다.

한편, 해마방회는 '익숙한 것'과 '익숙하지 않은 것'을 구별하는 역할을 한다. 이것은 전에 본 것, 저것은 처음 본 것과 같이 구분할 수 있다.

그리고 보통 때는 해마와 해마방회가 서로 협력해서 기능한다. 어딘가 모르는 장소에 갔을 때, 해마는 과거의 체험을 떠올리려 하고, 이를 통해 해마방회는 과거에 본 것인지 처음 본 것인지를 판단한다.

그 결과 '아, 이곳은 언젠가 와 봤던 장소다'라든가 '이곳은 처음 온 장소다'라고 구별할 수 있는 것이다.

그러나 데자뷰 현상이 일어날 때는, 어떤 이유로 인해 해마와 해마방회의 협력이 원활하게 이루어지지 않았을 때다.

예를 들어, 해마가 어떤 이유로 인해 일시적으로 기능하지

기억, 나를 지배하는 불가사의한 본능이다

않게 돼 과거의 체험을 떠올릴 수 없게 되고, 그래서 현재 체험과 과거 체험을 대조해 확인할 수 없게 됐다고 가정해 보자.

그때 해마방회는 현재의 체험이 익숙한 것인지 익숙하지 않은 것인지를 아무런 근거 없이 독자적으로 판단해 버린다.

만약 해마방회가 지금의 체험을 '익숙한 것'이라고 판단했다면, 처음 본 경치도 전에 본 것 같은 생각이 들게 되는 것이다.

바로 '어라, 이곳은 언젠가 와 본 것 같은데……'라고 느끼는 것이다.

음, 그런 거였군!

어쨌든 데자뷰의 원인을 멋드러지게 설명해 놓은 듯하다.

단, 이 설도 아직은 하나의 가설에 지나지 않는다.

이렇듯 우리의 기억 작용에는 아직도 풀리지 않은 부분이 꽤 남아 있는 모양이다.

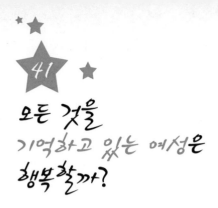

모든 것을
기억하고 있는 여성은
행복할까?

보통 사람들은 뭔가를 기억해 내는 데 어려움을 느낀다. 대학 입시를 위한 공부나 국가고시를 치른 사람이라면 더더욱 절실하게 느낄 것이다.

그런데 세상에는 기억하고 싶지 않은데도 모조리 기억하는, 잊으려 해도 잊지 못하는 사람이 있다.

이건 결코 부럽다고 할 수는 없는 일이다. 본인에게는 엄청난 지옥일지도 모르기 때문이다.

바로 A. J라고 불리는 어느 여성의 이야기다.

그녀를 연구한 사람은 기억 연구 분야의 세계적 권위자인 제임스 맥고우(James McGaugh) 박사다.

기억, 나를 지배하는 불가사의한 본능이다

맥고우 박사가 그녀의 존재를 알게 된 것은 수년 전의 일이다. A. J로부터 편지를 받고 그녀가 수십 년 동안 일어난 일들을 모조리 기억하고 있다는 사실을 알게 된 것이 계기였다.

예를 들어, 그녀에게 어떤 날짜를 말하면 그녀는 그날이 무슨 요일이었고 날씨가 어땠으며 어떤 사건이 있었는지를 전부 대답했다.

처음에는 어느 정도 의구심을 품고 있었던 맥고우 박사도 믿지 않을 수가 없었다. 그래서 그는 A. J를 인터뷰해 몇 가지 심리 검사를 했다.

검사 결과, 점점 더 그녀의 놀라운 기억력이 확인되었다.

맥고우 박사에 따르면, 정신적인 스트레스와 감정은 기억에 커다란 영향을 미친다고 한다. 예를 들어, 자신에게 아주 큰 충격을 주었던 사건은 누구나 생생하게 기억하는 법이다.

그러나 A. J에게 이 이론은 들어맞지 않았다. 그녀는 자신에게 별 의미가 없는 일도 기억하고 있었기 때문이다.

혹은 그녀는 어떤 특별한 기억술을 이용하고 있었을지도 모른다. 그러나 아무리 뛰어난 기억술이라 해도 A. J처럼 완벽한 기억을 갖고 있기란 불가능하다.

하지만 뛰어난 기억력을 가진 사람의 예가 전혀 없는 것은 아니다. 소위 서번트 증후군(savant syndrom)의 사람들이 그렇다.

서번트란 '대학자(大學者)'라는 뜻으로, 말 그대로 그들은 뭔가 한 가지 일에 관해서는 보통 사람보다 월등한 능력을 나타낸다.

예를 들어, 한 번 들은 곡은 모두 피아노로 칠 수 있는 사람, 어떤 것을 힐끔 본 것만으로도 상세하게 그림으로 그릴 수 있는 사람 등이다.

그중에는 몇 년 몇 월 며칠은 무슨 요일이었는지 금방 대답할 수 있는 사람들도 있다.

A. J의 경우와 매우 흡사하다고 할 수 있다.

그러나 A. J는 서번트 증후군이라고는 볼 수 없었다. 서번트 증후군을 앓는 사람들은 혼자서는 전차를 타는 일조차 힘들어하지만, A. J는 일상생활을 영위하는 데 아무 불편도 없었기 때문이다.

결국 그녀의 증상에는 '초기억 신드롬(hyperthymestic syndrome)'이라는 새로운 병명이 붙여졌다. 'hyper(=초)'와 '기억하고 있음'을 의미하는 그리스어 'thymestic'를 합친 병명이라고 한다.

A. J의 무한한 기억력은 수수께끼인 채로 남겨졌다. A. J의 예를 보면, 사람에게는 대량의 기억을 축적해 두는 잠재적인 능력이 있는 것은 아닐까 하는 생각이 든다.

그러나 이는 일반인에게는 너무 무거운 짐이 될 것이다.

자신의 과거를 모조리 기억하고 있는 것이 과연 행복한 일인지 아닐지는 그 누구도 알 수 없다.

여성의 기억은
감동과
결부되어 있다

여자는 남자가 기억하지 못하는 일도 잘 기억한다. 일반적으로 결혼기념일처럼 중요한 기념일은 남자보다 여자가 더 잘 기억한다. 또 싸움을 했을 때 어떤 말을 했는지도 잊지 않는다.

"당신, 그때 이런 말을 했잖아요."

이처럼 남자와 여자의 기억의 차이는, 여자가 어떤 감정과 결부된 기억을 잊지 않는 경향이 있기 때문인 듯하다. 미국 뉴욕 주립 스토니부룩 대학의 심리학자 타한 캔리 조교수는 다음과 같은 실험을 통해 이런 사실을 확인했다.

실험은 여성 12명과 남성 12명에게 한 세트의 사진을 보여주고 기억력을 테스트하는 것이었다. 이들 사진 중 어떤 사진은 평범한 사진, 어떤 사진은 감정을 강하게 자극하는 사진들로 구성되었다.

피험자들은 사진을 보고 '별로 자극적이지 않다', '보통', '매우 자극적'이라는 3단계로 평가를 했다.

또 그때의 피험자 뇌를 MRI로 관찰했다.

그 결과, 몇 가지 흥미로운 사실들이 밝혀졌다.

먼저 사진에 대한 여성과 남성의 반응이 달랐다. 예를 들어, 총이 나오는 사진에서는 남성은 '보통'이라고 대답했지만, 여성은 매우 부정적인 강한 감정을 느꼈다. 남녀 모두가 자극적이라고 평가한 사진은 사체, 비석, 절규하는 사람들과 같은 것이었다. 특히 여성은 더러운 화장실에 강한 반응을 보였다.

아무래도 상관없지만, 남성은 더러운 화장실에 반응하지 않았던 걸까?

그 실험 후 3주가 지난 뒤, 피험자들을 다시 소집했다. 첫 실험에서 본 사진을 기억하고 있는지 알아보기 위해서였다.

피험자들은 전에 봤던 사진을 보고 매우 자극적이라고 평가했던 사진을 고르라는 지시를 받았다. 이때 피험자들에게 보인 사진 속에는 새로운 사진 48장이 추가돼 있었다.

그러자 남성은 60%가 자극적이었다고 평가했던 사진을 떠올렸는데 비해, 여성은 그 비율이 75%나 되었다.

여성이 감정을 자극한 사진을 남성보다 더 잘 기억하고 있었던 것이다.

이 조사 결과를 보면, 여성을 너무 감정적으로 자극하지 않는 편이 좋을 듯싶다. 특히 싸움을 할 때는 주의하는 편이 좋다.

반대로 뭔가를 기억하고 싶을 때는, 그때 느꼈던 자신의 감정과 결부시켜 기억한다면 효과적일 것이다.

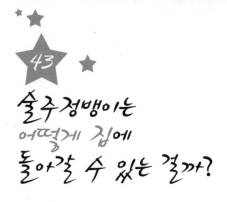

43 술주정뱅이는 어떻게 집에 돌아갈 수 있는 걸까?

과음하고 집에 돌아온 다음 날 아침, 자신이 어떻게 집에 왔는지 신기하게 생각해 본 적이 없는지?

사람에게는 무의식중에 집으로 돌아오는 본능이 있는 모양이다.

사실 사람의 뇌에는 길을 기억하는 신경세포가 있다고 한다.

길을 기억하는 이 세포를 발견한 과학자는 니혼 대학 대학원 다이라 마사토(泰羅雅登) 교수와 미국 로체스터 대학의 연구팀 사토 노부야(佐藤暢哉) 연구원이다.

다이라 교수는 인지와 운동에 관한 특이한 연구로 유명한 과학자다.

지금까지의 연구에 따르면 뇌의 두정엽 내측부가 손상되면 길을 못 찾게 된다고 알려져 있다.

그래서 다이라 교수팀은 일본원숭이를 대상으로 길을 기억하는 실험을 실시했다.

실험에서는 컴퓨터상 가상공간을 이동하는 시스템을 이용해, 일본원숭이가 가상의 2층 건물 안을 이동해 목적하는 방을 찾아오는 훈련을 실시했다.

그리고 그 직후 일본원숭이의 뇌 활동을 관찰하자, 건물 안 특정 장소에서 방향을 틀었을 때 활동하는 신경세포와, **특정 목적지를 목표**로 하고 있을 때 활동하는 신경세포가 발견되었다. 이 신경세포들은 모두 두정엽 내측부에 있었다.

집까지 가는 길에 대한 정보는 역시 이 부위에 보존되어 있었던 것이다.

아무리 취해도 이 부위가 기능하면, 발이 저절로 집을 향해 가는 모양이다.

하지만 그렇다고 해도 고주망태가 돼 버리면 발걸음이 휘청거리게 된다. 그러니 술은 정도껏 마시길!

기억, 나를 지배하는 불가사의한 본능이다

3~4세 이전의 일을
기억할 수 없는
이유

우리의 기억을 계속 거슬러 올라가 보자. 사춘기, 소년기, 유년기…… 어느 정도까지 거슬러 올라갈 수 있을까?

아무리 기억력이 좋은 사람이라도 3, 4세 이전의 기억은 거의 없을 것이다.

그 이유는 뭘까? 유아에게는 기억 능력이 없기 때문일까?

과거에는 그 이유를 유아기에는 기억력이 충분히 발달돼 있지 않기 때문이라고 생각했다.

그러나 미국 듀크 대학의 패드리샤 J. 바우어 박사에 따르면, 유아에게도 뛰어난 기억력이 있다. 단, 단시간에 잊어버리기 때문에 기억하지 못한다는 것이다.

바우어 박사는 유아의 기억이 어느 정도 지속될 수 있는지 실험을 통해 증명하기로 했다. 유아에게 어떤 행동을 보여 주고 그 행동을 얼마 동안 기억하고 있는지 조사해 본 것이다.

바우어 박사는 다음과 같은 실험으로 유아의 기억력을 시험했다.

먼저 컵을 두 개 준비하고, 어른이 아이의 앞에서 한 개의 컵 안에 나무 블록을 넣고 또 하나의 컵으로 막아 덜그럭덜그럭 소리를 내는 장난감을 만들어 보여 줬다.

호기심이 왕성한 유아는 흥미진진하게 그 모습을 지켜봤다.

그리고 일정 시간이 지난 후 다시 컵과 나무 블록을 보여 주고 유아가 흉내 낼지 어떨지를 관찰했다.

과연 유아는 장난감을 기억하고 있을까?

이 나이 때의 유아에게는 스스로 덜그럭거리는 장난감을 만들 능력은 없다고 한다. 만약 이 장난감 만들기를 흉내 내려고 한다면 앞에서 보여 준 어른의 행동을 기억하고 있다고 봐도 좋으리라.

기발한 실험을 생각해 낸 것이다.

실험 결과, 생후 6개월의 유아는 기억의 지속시간이 약 2시간 정도라는 사실이 밝혀졌다. 2세 전후가 되어야 겨우 지속

시간이 1년이 되었다.

　이래서는 어른이 될 때까지 기억이 남아 있을 리가 없다.

　그러나 유아도 의외로 기억력을 갖고 있구나, 하는 새로운
사실을 알게 된 셈이다.

기억에도 재고파악의 기능이 있다

기억에 관한 이야기를 조금 더 해 보자.

때때로 분명히 기억하고 있는데, 도무지 생각이 나지 않는 경우가 있다. 아무리 생각해도 떠오르지 않으면 짜증이 난다.

그런데 곰곰이 생각해 보면 이상하지 않은가? 생각이 나지 않는데도 자신이 그것을 알고 있다는 것을 어떻게 알 수 있는 걸까?

알고 있는데 생각나지 않는 이 '느낌'은 어떻게 느끼는 걸까? 그 메커니즘을 도쿄 대학의 기쿄 히데유키(桔梗英幸) 연구원, 미야시타 야스시(宮下保司) 교수팀이 밝혔다.

연구팀은 도쿄 대학 학생 15명을 대상으로 '에베레스트 산

기억, 나를 지배하는 불가사의한 본능이다

을 최초로 오른 사람은 누구인가?'와 같은 누구나 알고 있을 법한 질문을 했다.

　지금 유행하는 상식 테스트와 같은 것이다. 그런데 분명 생각이 날 듯한데, 생각나지 않는 경우가 있다.

　그래서 답을 생각해 내지 못했던 학생에게 그 대답이 '힌트와 시간이 있다면 반드시 생각해 낼 수 있다', '아마 생각해 낼 것이다', '전혀 모르겠다' 중 하나를 선택하도록 했다.

　그리고 이때의 뇌의 모습을 fMRI(기능적 자기공명영상장치)로 관찰했더니, '힌트와 시간이 있다면 반드시 생각해 낼 수 있다'고 자기 평가를 했을 때 전두엽 하부가 활발해진다는 사실이 밝혀졌다.

　그러나 이 부위는 답을 금방 알았을 때는 거의 활동하지 않았다.

　이런 사실에 비추어, 전두엽 하부가 '알고 있는데도 생각해 낼 수 없다'는 느낌을 들게 한다고 보고 있다.

그 기억이 있을지 없을지 알 수 있는 것은 기억의 '재고'를 파악하고 있는 메타메모리라는 기능이 있기 때문이라고 한다. 이 실험으로 전두엽 하부가 메타메모리를 관장하고 있다는 사실이 밝혀졌다.

　'아아~, 생각이 안 난다'라고 할 때는 이 부위가 활발하게 작용하고 있었던 것이다.

어쩐지 이 메커니즘을 안 것만으로도 속이 후련해진 느낌이다.

불쾌한 기억을
없애는 방법이
있을까?

사람에게는 간직하고 싶은 기억이 있는가 하면 잊어버리고 싶은 기억도 있다.

그러나 잊고 싶은 기억은 잊으려고 노력하면 할수록 더욱 뇌리에 박혀 잊히지 않는 법이다.

그런데 쥐를 대상으로 한 실험이긴 하지만, 장기기억을 없애는 데 성공을 거둔 박사가 있다. 미국 뉴욕 주립대학 다운스테이트 메디컬센터의 신경과 의사이자 분자생물학자인 토드 색터(Todd Sacktor) 박사가 그 장본인이다.

먼저 기억의 메커니즘에 대해 간단하게 언급하겠다.

현재 장기기억은 뇌내 신경세포의 시냅스라는 부분의 연결

이 강화됨으로써 형성된다고 보고 있다.

그리고 또 한 가지, 해마가 기억에 관해 커다란 역할을 담당하고 있다는 점도 알려져 있다. 기억은 일단 해마에 저장된 뒤, 대뇌피질에 장기기억으로 보존된다. 그런데 장기기억으로 보존되기 위해서는 반복적으로 자극을 주어, 신경세포의 시냅스 연결 부위를 강화시켜야 한다.

색터 박사가 주목한 것은 바로 이 점이었다.

시냅스의 연결 부위가 강화되는 것을 방해하면 장기기억을 없애는 것이 가능하리라고 생각한 것이다.

색터 박사팀은 즉시 쥐를 이용한 실험에 착수했다.

우선 쥐를 회전하고 있는 판 위에 놓았다. 그 판에는 닿으면 쇼크를 주는 장소가 있다. 그 쇼크 지대를 피하도록 쥐를 학습시켰다.

얼마 지나지 않아 쥐는 쇼크 지대를 피하는 방법을 습득했다. 그리고 여기서 학습한 것은 쥐의 장기기억으로 보존된다.

한 달 후, 그 쥐의 해마에 시냅스의 연결을 방해하는 화학물질을 바른 칩을 주사했다. 그리고 다시 판자에 놓아두자, 쥐는 쇼크 지대를 피하는 방법을 보기 좋게 잊어버렸다.

하지만 단기기억에는 영향을 미치지 않으며, 또한 실험 후

기억, 나를 지배하는 불가사의한 본능이다

에는 다시 장기기억을 보존할 수 있게 된다는 사실도 알 수 있었다. 물론 사람을 대상으로 실험하는 것은 불가능하지만, 기억은 없애려고 마음먹는다면 없앨 수 있다는 사실을 알게 된 것이다.

자세히는 모르겠지만, 아마 이 처치를 하면 그때까지의 장기기억은 모조리 지워지는 게 아닐까?

즉 잊고 싶은 기억만을 선택해 잊어버리는 일은 불가능하다는 것이다.

잊고 싶은 기억뿐인 과거를 갖고 있는 사람이라면 몰라도, 보통 사람에게는 사용할 수 없을 듯하다.

기억이라는 것은 그 사람 인생의 전부다. 기억이 모두 사라져 버리면, 그 사람의 과거의 인생도 완전히 사라지고 마는 것이다. 이렇게 생각하니, 다소 괴로운 기억이 있더라도 기억을 소중히 여겨야겠다는 생각이 든다.

제7장

느낌,
생존을 위한
동물적 감각이다

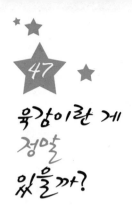

육감이란 게 정말 있을까?

사람에게는 닥쳐오는 위험을 감지하는 육감이 있다고 한다.

이 말이 사실일까?

예를 들어, 동물의 경우에는 지진이 나기 전에 이상행동을 보인다는 이야기를 때때로 듣는다. 이는 지진이 나기 전의 미묘한 징후를 동물들이 느끼기 때문이라고 한다. 유감스럽지만, 사람에게는 그런 민감한 센서가 있다는 이야기는 못 들어봤다.

그런데 사람에게도 무의식적으로 위험을 감지하는 시스템이 존재한다고 주장하는 박사가 있다. 미국 워싱턴 대학의 심리학자 조슈아 브라운(Joshua Brown) 박사와 토드 브래버(Todd Braver)

박사다.

그들은 육감이 작용하는 부위는 뇌의 전부(前部) 대상회피질(帶狀回皮質)에 있다고 말한다.

브라운 박사팀은 다음과 같은 실험을 통해 이 사실을 확인했다.

먼저 피험자들에게 컴퓨터 화면에 나타난 신호를 보여 주었다. 그리고 화면에 왼쪽을 가리키는 화살표가 나타나면 왼쪽 버튼을, 오른쪽을 가리키는 화살표가 나타나면 오른쪽 버튼을 누르도록 지시했다. 화살표는 청색과 흰색 두 가지였다.

실험 중에 있는 피험자의 뇌 활동은 fMRI로 살펴볼 수 있도록 했다.

그런데 이 실험에는 어떤 장치가 설치돼 있었다. 때때로 커다란 화살표를 고의적으로 집어넣어 피험자들이 헷갈려서 잘못된 버튼을 누르도록 조작해 놓은 것이다.

그리고 청색 화살표가 나타났을 때는 에러가 50% 일어나도록 조절하고, 흰색 화살표가 나타났을 때는 에러가 4%밖에 일어나지 않도록 조절했다.

이 실험을 계속하자, 마침내 에러가 많은 청색 화살표가 나타날 때는 피험자들의 전부 대상회피질이 활발하게 움직이기 시작했다.

이것은 어떤 의미일까?

피험자들은 의식적으로는 화살표의 '조작'을 알아차리지 못했다. 그런데 무의식중에 청색 화살표가 나오면 잘못을 범하기 쉽다고 느꼈다.

즉 무의식중에 전부 대상회피질은 청색 화살표가 나타났을 때 '위험하다'는 경보를 울리고 있었던 것이다.

'뭔가 이상하다.'

이것이 바로 육감의 정체가 아닐까?

위험이 닥쳐오고 있을 때 뭔가 이상하다고 느끼는 것은, 이 전부 대상회피질의 시스템이 작동하고 있어서가 아닐까?

단, 그 경보를 알아차리는 사람과 그렇지 못한 사람이 있을 것이다. 어쩌면 그 차이가 생사를 가르는 분수령이 될지도 모른다.

여자의 직감,
남자보다 정말
뛰어날까?

흔히 '여자의 직감은 뛰어나다'고 한다. 남자가 거짓말을 할 때나 바람을 피울 때 여자는 직감으로 안다고 한다.

과연 진짜일까? 사실은 의외로 그렇지도 않다는 연구 결과가 나왔다.

그것은 다음과 같은 실험을 통해서였다.

이 실험은 1만 5000명 이상 되는 남녀의 협조를 구했다.

먼저 피험자들에게 웃는 얼굴이 찍힌 사진 2장을 보여 준다. 한 장은 정말로 웃는 얼굴이고, 또 한 장은 웃는 시늉만 한 얼굴이다. 이런 사진을 10세트 보여 준다.

웃는 얼굴이 진짜인지 가짜인지를 과연 구분할 수 있을

느낌, 생존을 위한 동물적 감각이다

까?

결과적으로 남성은 진짜 웃는 얼굴을 72% 고를 수 있었지만, 여성은 71%밖에 고르지 못했다.

뭐, 대수롭지 않은 차이이긴 하지만, 의외로 남자도 직감을 갖고 있다는 사실이 밝혀졌다.

또 이성(異性)의 성실성을 알아보는 실험도 실시했는데, 여기에서도 남성이 여성보다 훨씬 뛰어난 능력을 보였다. 남성은 76% 적중했고, 여성은 67%밖에 맞추지 못했다.

이 실험에서는 남자가 여자보다 거짓을 간파하는 능력이 더 뛰어나다는 결과가 나왔다.

즉 남자는 여자의 본심을 간파하는 데 의외로 뛰어난 능력을 지녔지만, 여자는 겉모습만 성실한 척 꾸미는 남자의 행동에 그냥 속아 넘어갈 가능성이 있다는 것이다.

정말 그럴까?

하지만 여성들은 자신의 직감에 상당히 자신감을 갖고 있는 듯했다.

실험 전에 실시한 앙케트에서 '자신의 직감을 믿는가'라는 질문에 여성은 77%가 '그렇다'고 대답했다. 흥미롭게도 남성은 58%만이 그렇다고 답했다.

결혼을 빙자한 사기꾼들에게 곧잘 속아 넘어가는 여성들이 많은 것도 이런 자신감 때문일지 모른다. 여성 여러분, 부디 주의하시길!

영국 하트퍼드셔 대학의 심리학자 리처드 와이즈먼 교수는 위의 실험에서 나타난 남녀의 차이는 감정을 표현하는 방식에서 드러나는 남녀의 차이 때문이라고 말한다.

보통 여성은 남성보다 감정을 분명하게 얼굴에 드러낸다. 반면 남성은 자신의 표정을 감추는 데 익숙해져 있다. 따라서 여성은 남자의 애매모호한 얼굴을 간파할 수 없었던 것이라고 한다.

또한 인간관계 심리학자인 수잔 퀼리엄(Susan Quilliam) 박사는 여성은 밝은 면을 보도록 프로그램되어 있으므로 불성실함을 간파하는 일이 서투르다고 말한다.

성실한지 아닌지를 간파하는 것과, 거짓말을 하고 있는지 아닌지를 알아차리는 것은 엄밀하게 말하면 다르다는 생각도 들지만, 말하자면 남성보다 여성이 좀 더 잘 속는 모양이다.

그렇다고 해도 방심은 금물! 여성은 시각뿐 아니라 청각, 후각 등 오감을 사용해 남자의 거짓말을 간파한다.

느낌, 생존을 위한 동물적 감각이다

그러니 남성 여러분, 가능하면 거짓말은 하지 않는게 좋겠죠?

누군가가
지켜보고 있는 듯한
느낌

때때로 누군가가 나를 지켜보고 있는 듯한 느낌을 받은 적이 없는지?

돌아보면 누군가와 눈이 마주쳤던 경험이 한번쯤 있을 것이다. 그저 단순한 우연이었던 걸까?

혹시 지켜보고 있는 사람의 마음이 텔레파시처럼 전해졌던 것은 아니었을까?

실제로 사람은 누군가가 자신을 지켜보고 있으면 그 시선을 느낄 때가 있다는 실험 결과가 최근 발표되었다. 조금 사이비 과학 같은 냄새가 풍기는 실험이긴 하지만……

느낌, 생존을 위한 동물적 감각이다

실험을 한 이는 독일 프라이베르크 대학의 스테판 슈미트 (Stefan Schmidt) 박사다. 그는 두 종류의 실험을 1000번 실시했다.

첫 번째 실험은 '원격 응시'라고 하는 실험이다.

지원자 1과 지원자 2를 각각 다른 방에 들어가게 한다. 지원자 1의 방에는 감시카메라가 설치되어 있어, 지원자 2는 모니터를 통해 지원자 1의 방을 볼 수 있게 돼 있다.

여기서 지원자 2에게 모니터 속의 지원자 1을 지그시 응시하도록 했다.

또한 지원자 1의 몸에는 전극이 연결되어 있어, 체내의 전기적 활동을 측정할 수 있도록 장치해 놓았다.

이 장치를 통해 지원자 1이 지원자 2의 시선을 느낄 수 있는지 없는지를 관찰한 것이다.

두 번째 실험은 '직접 정신 상호 작용'이라고 하는 실험이다.

첫 번째 실험처럼 지원자 두 명을 각각 별개의 방에 넣는다. 그리고 지원자 2는 모니터 속의 지원자 1을 불쾌감을 담아 지켜보든지, 아니면 긴장을 풀고 편안한 마음으로 지켜본다.

이 지원자 2의 시선을 지원자 1은 어떻게 느꼈을지 관찰하는 것이다.

슈미트 박사는 신뢰도를 높이기 위해서 복잡한 통계 방법을 사용했다고 한다(상세한 내용은 알 수 없다).

그랬더니 피험자들은 자신을 지켜보는 시선을 느낄 수 있다는 결과가 나왔다고 한다.

자세한 데이터를 알 수 없다는 점이 유감스럽지만, 대학 교수가 그 같은 실험을 진지하게 했다는 사실에 호감이 간다.

초능력 연구로는 프린스턴 공학 비정상 현상연구소가 유명한데, 최근 활동을 그만두었다.

좀 아쉽다. 슈미트 박사 같은 사람들이 좀 더 힘을 냈으면 좋겠다.

슈미트 박사의 연구에 관해서는 당연한 일이지만, 비판도 일고 있다.

이 실험만으로는 사람에게 타인의 시선을 느끼는 능력이 있다고 과연 단언할 수 있을까 하는 의문이 들지만, 만약 그런 능력이 있다면 뇌의 어떤 부위에서 느끼는지 알고 싶다.

느낌, 생존을 위한 동물적 감각이다

꿈이
만들어지는 곳은
어디에 있을까?

50

우리의 보잘것없는 잠을 아름답게 채색해 주는 것, 그것은 '꿈'이다.

우리는 왜 꿈을 꾸는 걸까? 꿈은 어떻게 만들어지는 걸까?

최근에 와서 꿈은 기억을 정리하는 역할을 하고 있는 것으로 추정하고 있다. 꿈은 중요한 기억을 선택해 장기기억으로 저장한다는 것이다.

시험공부를 할 때 수면을 충분히 취해야 한다고 말하는 것도 이런 이유 때문이다.

꿈에 관해서는 아직 밝혀지지 않은 점들이 많지만, 조금씩 수수께끼가 풀려가고 있는 중이다.

스위스 취리히 대학병원의 클라우디오 바세티(Claudio Bassetti) 박사는 최근 뇌 속에서 꿈을 제어하고 있는 부위를 찾아냈다고 발표했다. 이 부위를 발견하게 된 계기는 취리히 대학병원에 입원해 있던 73세의 여성 환자 덕분이었다.

이 여성은 뇌졸중으로 쓰러져 병원에 실려 온 환자로, 입원시에는 뇌기능이 많이 손상된 상태였다. 그러나 다행히도 며칠 후 이 여성 환자는 대부분의 뇌기능을 회복하게 되었다. 그러나 한 가지 기능만은 정상으로 돌아오지 않았다.

바로 꿈을 꾸는 기능이었다.

꿈꾸는 능력을 잃어버린 증상은 이를 처음 발견한 학자들의 이름을 따서 '샤르코·윌브랜드(Charcot-Wilbrand) 증후군'이라고 한다. 이 병은 매우 희귀하므로 바세티 박사는 환자의 뇌파를 모니터해 보기로 결정했다.

그 결과, 이 여성은 잠을 자고 있을 때 렘(REM)수면이 정상이라는 사실이 밝혀졌다. 보통 사람들은 렘수면기에 꿈을 꾸는 것으로 알려져 있다.

그런데 이 여성 환자는 렘수면에 들어가도 꿈을 꾸지 않는 것이다.

어쩌면 렘수면과 꿈은 서로 독립적으로 일어나는 현상인

느낌, 생존을 위한 동물적 감각이다

걸까? 그렇다고 한다면 이는 새로운 발견이라고 할 수 있다.

또한 MRI 검사를 통해 이 여성은 후두엽 안쪽이 손상을 입었다는 사실을 알 수 있었다. 이 부위는 감정이나 시각적 기억의 처리, 특히 얼굴과 표지(標識)를 처리하는 기능을 하는 곳으로 알려져 있다.

역시 꿈을 꾸는 것과 기억을 처리하는 것은 서로 관련돼 있는 모양이다.

아마 이곳이 꿈을 꾸기 위해 중요한 역할을 하고 있는 것은 아닐까? 이 부위가 손상되면 꿈꾸는 능력도 잃어버린다.

꿈을 꾸는 곳. 우리는 이런 기능을 하는 영역이 있는 덕분에 매일 밤 꿈을 꿀 수 있는 것이다.

51

당신은 신의 유전자를 갖고 있는가?

당신은 '신'을 믿는가?

만일 당신이 'Yes'라고 대답한다면 당신은 이 유전자를 갖고 있는지도 모른다! 예수, 마호메트, 부처……. 그들은 어떤 공통된 유전자를 갖고 있었다. 미국 국립암연구소의 딘 해머 (Dean Hamer) 박사는 그렇게 믿고 있는 듯하다.

그 유전자는 'VMAT2', 이름하여 '신의 유전자'다.

해머 박사는 과거 동성애자들이 공통적으로 갖고 있는 유전자를 발견한 일로 화제가 된 적이 있다. 그 해머 박사가 이번에는 2000명의 DNA 샘플을 수집하고, 2000명을 문진(問診)하여 226가지의 질문에 대한 답변을 들었다.

느낌, 생존을 위한 동물적 감각이다

질문 내용은 신을 어느 정도 믿고 있는가, 얼마나 종교적인 것에 쉽게 끌리는가에 관한 것이었다.

그런데 신앙심이 깊은 사람, 종교적 성향이 강한 사람들은 대부분 'VMAT2' 유전자를 갖고 있다는 사실이 밝혀졌다.

세상의 수많은 '교주(敎主)'들은 이 유전자를 갖고 있을 가능성이 높다. 열성 신자들 역시 이 유전자를 갖고 있을 가능성이 있다.

"이 실험 결과는 종교적 성격이 유전자의 일부에서 기인한다는 사실을 의미한다. 이는 엄밀하게 말해 부모에서 자녀로 전해지는 것이 아니고 세대 간을 뛰어넘어 전해진다고 본다. 지능이 유전되는 것과 매우 비슷하다."

해머 박사는 예수, 마호메트, 부처 등도 아마 VMAT2 유전자를 갖고 있었을 것이라고 믿고 있다. 그리고 그들은 이 유전자 때문에 신비한 체험을 하거나 변성의식이 생겨난 것이 아닐까 하고 생각하고 있다.

신을 진심으로 믿을 수 있는지 없는지는, 이 VMAT2 유전자를 갖고 있느냐 없느냐로 결정될지 모른다는 것이다.

또한 이 유전자가 있으면, 신비한 초자연적 체험을 할 가능성도 있다.

해머 박사가 발견한 '신의 유전자'. 이 유전자에 대해서는 현재 학회에서도 찬반 논란이 있는 듯하지만, 생각하기에 따라서는 신조차도 DNA에 의해 만들어졌다고 말할 수 있을지 모른다.

제 3 장

진지한 과학자들의
엉뚱발랄한
인생해법

모든
고민을
들어드립니다

세상에는 인생 상담이라고 칭하는 것이 수없이 많지만, 과학의 힘으로 고민을 해결하려는 시도는 없었다.

과학은 세속적인 상담 앞에서는 무력한 존재인 걸까?

아니다. 그렇지는 않을 것이다.

따라서 이 장에서는 무모한 시도에 과감히 도전해 보았다.

사람의 고민은 천차만별. 자신은 지독히도 운이 없다는 고민에서부터 일확천금의 방법을 알고 싶다거나, 우주인에게 납치된 친구를 구하고 싶다는 고민까지, 정말로 각양각색의 고민이 있게 마련이다.

그런 다양한 상담들에 진지하게(?) 매달려 보았다.

자, 그럼 과학의 힘을 이용해 밀려드는 고민을 해결할 수 있을지 없을지 함께 지켜보시기 바란다.

어깨에 힘을 빼고 한바탕 웃은 후 너그러이 봐 주시면 감사하겠다.

첫 번째,
머피의 법칙에서
벗어나기

오늘의 상담

운이 지지리도 없는 고등학교 남학생입니다.

어제도 짝사랑하는 그녀에게 고백하려는 순간, 얼굴에 비둘기 똥이 떨어졌습니다.

모처럼 좋은 분위기가 한순간에 확 깨져 버렸습니다.

그 후 그녀와는 제대로 말도 못 해 봤습니다.

이제까지 살아온 제 인생은 늘 이런 식이었습니다.

운이 좋아지는, 뭔가 좋은 방법이 없을까요?

— 야마나시 현, S씨

답변

비둘기 똥이 얼굴에……. 최악이군요. 내가 그녀였다면 두 번 다시 학생 곁에 가까이 가고 싶지 않을 듯싶네요. 말 그대로 '똥칠'했군요(폭소).

어쨌든 새똥에는 살모넬라균과 크립토코쿠스 네오포먼스(곰팡이의 일종) 등 병원균이 있는 경우가 있으니 핥거나 먹지 않도록 조심하시길. 그녀에게 차인 데다 병까지 걸린다면 그야말로 엎친 데 덮친 격이 되니까요(폭소).

아차차, 똥 얘기가 아니라 운 얘기를 하고 있었죠.

운이 좋고 나쁜 것과 관련해서, 영국의 심리학자 리처드 와이즈먼 박사가 재미있는 실험을 했습니다.

와이즈먼 박사의 조사에 따르면, 사람들 중 12%는 자신을 행운아라고 생각하고, 9%는 불운아라고 생각하고 있다고 합니다.

그래서 실험에서는 우선 피험자를 자신이 행운아라고 생각하는 사람과, 불운아라고 생각하는 사람으로 나누었습니다. 그 다음, 그들에게 신문지를 주고 거기에 사진이 몇 장 실려 있는지 세어 보라고 시켰습니다.

그런데 불운아라고 생각하는 사람들은 사진을 다 셀 때까지 평균적으로 약 2분이 걸리는 데 반해, 행운아라고 생각하는 사람들은 단 몇 초밖에 걸리지 않았다고 합니다.

이유가 뭘까요? 역시 스스로 불운아라고 생각하는 사람들은 뭘 해도 안 되는 걸까요?

사실 여기에는 작은 트릭이 있었습니다. 신문 2면에 2인치 (약 5센티미터) 크기의 글씨로 '세는 것을 그만두시오. 이 신문에는 43장의 사진이 실려 있습니다'라고 적혀 있었던 것입니다.

행운아라고 여기는 사람들은 이 글씨를 금방 봤습니다. 그러나 불운아라고 생각하는 사람들은 이를 놓치고 못 본 것이지요. 이 실험 결과를 보면, 아무래도 운 나쁜 사람은 운이 나쁘다기보다는 운을 놓쳐 버리는 사람인 듯합니다.

와이즈먼 박사는 불운한 사람은 너무 긴장해서 여유가 없기 때문에 중요한 정보를 알아차리지 못한다고 말합니다.

학생의 경우도 비둘기 똥이 떨어진 것은 하나의 기회였다고 생각해 보면 어떨까요? 이 사건을 얘깃거리로 삼아 주위 사람을 웃기면 좋을 듯합니다. 금방 반에서 인기인이 되어 그녀도 학생을 다시 볼 것입니다.

뭐, 그래도 안 된다면 히로시처럼 자신의 불운을 웃음거리로 삼는 연예인이 되는 방법도 있습니다.

　조금은 참고가 되었는지요? 그러면 오늘의 고민 상담은 여기까지.

두 번째,
한밑천 잡아
부자가 되는 방법

오늘의 상담

저는 26살 먹은 무명의 뮤지션입니다.

음악만으로는 먹고살기 힘들어 중국집에서 아르바이트를 하며 생활하고 있습니다.

목욕탕은 일주일에 한 번, 빨래방은 한 달에 한 번으로 자제하고 있습니다. 음악은 제가 좋아서 하는 일이므로 생활이 힘들어도 괜찮습니다. 그러나 평생에 한 번쯤은 한밑천 잡아 큰 부자가 되고 싶습니다.

일확천금할 수 있는 좋은 방법 없을까요?

— 오이타 현, G씨

답변

어떻게 하면 한밑천 잡을 수 있을지 제가 더 알고 싶군요.

저 역시 단 한 번이라도 좋으니 도라야(虎屋. 일본 최고급 전통과자 제

조 판매업체 - 옮긴이)에서 파는 양갱을 배 터지게 먹고 싶습니다!

일전에 깜짝 놀란 일이 있었는데, 바로 미국 옥션에서 샌드

위치 한쪽이 무려 2만 8000달러에 팔렸다는 소식이었습니

다. 그것도 먹다 남은 샌드위치가.

베어 먹은 부분이 성모 마리아의 얼굴로 보인다는 이유에

서였습니다. 파는 쪽도 사는 쪽도 도대체 무슨 생각을 하는

사람들인지 원.

샌드위치도 되니까 변재천(辯才天. 인도 힌두교 신화에 나오는 지혜·음악의

여신. 재물과 이득을 가져다준다 하여 변재천(辯材天)이라고도 한다 - 옮긴이) 님이 보이

는 삼각 김밥도 팔리겠지요.

한 번 시도해 볼 가치는 있다고 생각합니다. 복권이나 로또

보다 확률이 높을지도 모르죠.

그건 그렇고 샌드위치 단면이 왜 성모 마리아로 보였을까

요? 대단히 흥미롭지 않습니까? 평범한 사진 속에서 유령 얼

굴을 보거나, 화성에 있는 바위에서 사람 얼굴을 보는 것도

마찬가지입니다.

우리는 사람의 얼굴에 대해 특별한 인지

방식을 갖고 있다는 사실이 브루스와 영의 연구를 통해 밝혀졌습니다.

역삼각형을 그리는 세 개의 점을 보면, 자동적으로 인간의 눈과 입을 떠올리는 윤곽 유도현상이라고 부르는 현상도 있습니다. 유령 사진의 정체 중 하나라고 할 수 있습니다.

또 '마가렛 대처의 착시'라고 부르는 유명한 실험도 있습니다. 영국의 전 수상인 대처의 사진에서 눈 부분만을 오려 내 거꾸로 붙이면 누구나 실물 사진과 다르다는 사실을 알아차립니다. 그런데 이 조작한 사진을 거꾸로 놓으면 아무도 실물과 다르다는 사실을 알아차리지 못합니다. 이는 눈, 코, 입의 위치 정보를 패턴화해서 외우고 있어서, 거꾸로 놓은 얼굴에는 이를 적용할 수 없기 때문이라고 합니다.

헤어스타일이 바뀌거나 나이를 먹어도 그 사람이라는 것을 알 수 있는 것은 이 눈, 코, 입의 위치 기억과 관련이 있는 걸까요?

아, 이야기가 옆길로 샜네요. 일확천금할 수 있는 방법에 대해 얘기하던 중이었죠? 사람들에게 별로 떠벌리고 싶진 않지만, 사실 저도 남몰래 노리고 있는 방법이 있습니다.

그건 하버드 스미소니언 천체물리학센터의 트래비스 멧카프 박사가 2004년에 발견한 것으로, 아직 아무도 시도해 보지 않은 방법입니다.

켄타우루스좌 부근에 보이는 'BPM 370 93'이라는 백색왜성. 이 별의 내부에 직경 4000킬로미터의 다이아몬드 결정이 있다고 합니다.

멧카프 박사에 따르면, 백색왜성의 내부에 남은 질소 덩어리가 별 자체의 중력으로 압축되어 다이아몬드가 되었다고 합니다.

어떻습니까? 지금이라면 먼저 차지하는 사람이 임자입니다. 함께 이 별에 가 보지 않겠습니까?

하긴 지구에서 50광년이나 떨어져 있으니 멀다고 하면 좀 멀기는 합니다만……

조금은 참고가 되었는지요? 그러면 오늘의 고민 상담은 여기까지.

진지한 과학자들의 엉뚱발랄한 인생해법

세 번째,
빨리 먹는 습관을
고치는 방법

오늘의 상담

사실 제 고민은 '빨리 먹는 습관'입니다. 빨리 먹는 것은 비만의 원인이 된다고 들었습니다. 그래서 고쳐야 한다고 생각은 하지만, 음식이 눈앞에 있으면 저도 모르게 우걱우걱 먹어 버리게 됩니다.

어머니는 종종 "네가 먹고 있는 모습을 한 번 봐라. 마치 돼지 같구나"라고 말씀하십니다.

어떻게 하면 빨리 먹는 습관을 고칠 수 있을까요?

—사이타마 현, K씨

답변

저는 당신과 정반대로 먹는 속도가 느려서 학교 급식을 늘다 먹지 못했습니다. 종종 오후 쉬는 시간에 교실에 남아서 먹어야만 했지요.

빨리 먹으면 뇌의 만복중추로 가는 자극이 늦어지므로 과식하게 돼 살이 찐다고 합니다. 제 경우에는 급하게 먹으면 목이 메어 기침을 하거나 딸꾹질이 나오므로 천천히 먹을 수밖에 없습니다.

아, 그 딸꾹질 말인데요, 아직까지 무슨 이유 때문에 딸꾹질이 나는지 밝혀지지 않았다는 사실을 혹 알고 계십니까?

예를 들어, 기침은 기관에 들어간 이물질을 배출하는 역할을 합니다.

그러나 딸꾹질에는 그 같은 목적이 없습니다.

딸꾹질은 횡격막의 급격한 수축과, 그때 성문을 닫음으로써 '딸꾹' 하는 독특한 소리가 납니다.

사람의 경우는 2개월 된 태아도 딸꾹질을 한다고 합니다. 따라서 양수가 폐에 들어가는 것을 막기 위해 딸꾹질을 하는 것이라는 설도 있습니다.

태아 때의 흔적이 성인이 되어서도 남아 있다는 말입니다.

또한 최근에 나온 설로는 딸꾹질은 양서류와 관련이 있다

진지한 과학자들의 엉뚱발랄한 인생해법

는 것입니다.

프랑스 의학자 크리스천 스트라우스 박사팀의 설인데요, 예를 들어 양서류의 대표적 동물이라 할 수 있는 개구리는 올챙이 때 아가미 호흡을 합니다.

양서류가 아가미 호흡을 할 때는 폐에 물이 들어가는 것을 막기 위해 성문을 닫고 구강을 압축해 물을 배출합니다. 이것은 딸꾹질과 똑같은 작용이죠.

이 설이 사실이라면 딸꾹질은 우리가 양서류였을 무렵의 흔적이라고 생각됩니다. 그렇게 생각하니 왠지 감개무량하네요.

딸꾹질을 멈추기 위해서는 혀를 잡아당기는 것이 좋다고 하는데, 제 경우에는 식초를 단숨에 마시면 멈춥니다.

아, 죄송합니다. 당신의 경우는 딸꾹질에 대한 고민이 아니었죠?

빨리 먹어 치우는 것은 분명 먹고자 하는 의지……가 아니라 식욕이 왕성한 탓이 아닐까 합니다.

시카고에 '알란 허쉬'라는 이름의 박사가 있는데, 그는 '밥에 뿌려 먹는 재미있는 가루'를 개발했습니다. 냄새로 만복중추를 속여 식욕을 억제한다는 것입니다.

이 '밥에 뿌려 먹는 가루'에는 코코아, 스피어민트, 체다치즈, 양파 맛 등 다양한 종류가 있다고 합니다.

참치덮밥에 코코아 맛이 나는 가루, 바닐라 아이스크림에 양파 맛이 나는 가루 등을 뿌려 보면 어떨까요?

아마 당신의 식욕도 감퇴해 빨리 먹는 버릇이 고쳐지지 않을까요?

조금은 참고가 되었는지요? 그러면, 오늘의 고민 상담은 여기까지.

진지한 과학자들의 엉뚱발랄한 인생해법

네 번째,
과도한 결벽증을
고치는 방법

오늘의 상담

저는 결벽증이 심해서 불결한 것을 도저히 참지 못하는 성격입니다.

예를 들어, 아무리 맛있다고 소문난 음식점이라도 그곳 주방을 구석구석 살펴보고 위생적이라고 판단되는 가게에서만 먹습니다.

옷을 살 때는 다른 사람이 혹 입어 보지 않았는지 확인하지 않고는 절대 사지 않습니다. 덕분에 남들이 맛있다는 음식도 못 먹고, 갖고 싶은 옷도 포기해야만 하는 경우가 종종 있습니다.

이런 제 성격, 고칠 수 있을까요?

—기후 현, E씨

답변

아마 당신이 저를 만나면 무척 싫어할 겁니다.

바닥에 떨어진 포테이토칩도 아무렇지 않게 집어 먹고, 똑같은 셔츠를 며칠이나 입는 경우도 있으니까요. 아내에게 늘 욕을 먹기 일쑤입니다.

결벽증도 정도 나름이라고 생각하는데, 사람들이 추천해 주는 맛집에서 맛있는 음식을 먹지 못하는 것은 좀 안됐네요.

제가 생각하기에 과도한 결벽증을 고치려면 병균에 대한 편견을 버리는 것이 좋을 듯합니다.

알고 있다시피, 우리의 몸 도처에는 상재균(常在菌)이라는 세균들이 살고 있습니다. 이들 세균의 대부분은 별달리 인간에게 해를 끼치지 않고, 오히려 유해한 균이 번식하지 못하도록 막아 주는 경우도 있습니다.

따라서 점막 등을 지나치게 살균하면 상재균까지 사멸해 나쁜 병균들이 번식하게 됩니다.

또 한 사람의 몸속에 번식하고 있는 균류는 500종 이상으로, 그 수는 100조 개 이상

진지한 과학자들의 엉뚱발랄한 인생해법

인간의 몸 세포는 수십조 개라고 하니까, 세포보다 세균 수가 훨씬 많은 꼴입니다. 그러니 인체는 차라리 세균 덩어리라고 말해도 좋을 정도입니다.

런던 대학 임페리얼 칼리지의 제레미 니콜슨 박사는 우리의 몸은 세포와 박테리아, 바이러스가 섞인 '초유기체(super-organism)'라고 말합니다.

그와 같은 시점이 향후 의학에 필요하다고 니콜슨 박사는 주장하고 있습니다.

세균이 있어야 우리가 존재한다는 말입니다.

또한 세균은 매우 영리한 생명체인 모양입니다.

예를 들어, 세균이 기후를 좌우하고 있을지도 모른다고 주장하는 박사가 있습니다.

바로 이스트런던 대학의 브루스 모펫 박사인데, 공기 중에 산란한 세균은 물방울의 핵이 되어 구름을 만듭니다. 그리고 멀리 떨어진 장소로 이동해 빗방울과 함께 땅에 떨어집니다.

그와 같은 방법으로 세균은 번식 지역을 넓히고 있다는 것입니다. 실제로 몇 가지 전염병은 이런 원리로 감염되고 있는지도 모릅니다.

이 말이 사실이라면, 세균은 꽤나 지혜로운 존재라고 말할 수 있겠죠.

자, 어떻습니까? 세균을 보는 눈이 조금은 달라졌습니까? 세균에 대해 조금이라도 존경하는 마음이 생겼다면 과도한 결벽증도 고쳐지지 않을까요?

게다가 자신의 몸 대부분이 세균이라고 생각한다면, 어느 정도 세균이 있어도 웃으며 용서할 수 있게 되겠지요.

조금은 참고가 되었는지요? 그러면 오늘의 고민 상담은 여기까지.

진지한 과학자들의 엉뚱발랄한 인생해법

다섯 번째,
웃음을 그치는
방법

오늘의 상담

웃음이 헤픈 여고생입니다.

때때로 웃음이 그치질 않아 곤란할 때가 있습니다.

평상시야 괜찮지만, 웃어서는 안 될 진지한 자리에서 웃음보가 터져 나올 때는 너무 힘이 듭니다.

예를 들어, 친구가 선생님께 혼나고 있을 때라든가, 졸업식과 같은 자리에서 웃음이 치밀어 오릅니다.

이대로는 제 인격이 의심받지 않을까 걱정됩니다.

웃음을 그치는, 좋은 방법이 없을까요?

―고치 현, R씨

답변

할머니 장례식 때, 다리에 쥐가 난 친척 한 분이 분향을 하다가 비틀거려서 스님 옆에 놓인 큰 종을 세게 차 버린 일이 있었습니다. '땡~' 하는 뜻하지 않은 소리가 오랫동안 울려 퍼져 웃음을 참느라 고생했던 기억이 있습니다.

분명 엄숙한 의식이 거행되는 와중에 웃음이 터져 나와 참을 수 없는 때가 있습니다.

이와 반대로 상사의 썰렁한 농담에 억지로 웃어야 할 경우에는 되레 웃음이 나오지 않아 고생하는 경우도 있습니다.

그런데 병적인 웃음으로는 웃음이 멈추지 않는 '정동실금(情動失禁)'이라는 증상이 있지만, 학생이나 제 경우에는 그저 조심성이 없는 것뿐일 겁니다.

웃음에 관한 재미있는 이야기가 하나 있습니다. 사실 뇌 속에는 웃음을 유발하는 영역 같은 것이 있는 모양입니다.

이는 팔라비치라는 박사가 보고한, 아이오와의 원예사 C. B라는 환자의 증상에서 알아낸 사실입니다.

C. B 씨는 뇌졸중으로 뇌의 일부에 장애가 생겼습니다. 다행히도 모든 기능이 거의 정상으로 회복되었지만, 단 한 가지 곤란한 것은 때때로 갑자기 웃거나 울거나 하는 발작이 일어

나는 일이었습니다.

뇌에서 불과 몇 세제곱센티미터만 손상되었을 뿐인데도, 하필이면 그 부위가 '웃음 지역(laughter spot)'이었던 모양입니다. 게다가 이상한 점은 C. B 씨의 웃음 발작이 어떤 감정도 동반하지 않은, 기계적인 웃음이었다는 것입니다.

즉 우습지도 않은데 겉으로만 웃고 있었던 것입니다.

이런 사실을 통해 뇌에는 기계적인 웃음을 관장하는 부위와, 웃음을 감정과 연결 짓는 역할을 하는 부위가 있다는 사실이 밝혀졌습니다.

또한 이 웃음 지역은 누구나 뇌의 똑같은 자리에 있지 않고 사람에 따라 위치가 다른 모양입니다. 이 점도 신기하죠?

한편, 오스트리아의 헤르만 코테크 박사는 웃음소리만 들어 있는 CD를 제작했다고 합니다. 이 CD는 오스트리아의 코미디언 등 몇 사람의 웃음소리를 녹음한 것입니다. 듣고 있는 것만으로 웃음이 유도된다는 사실, 혹 알고 계십니까? 웃음에는 전염성이 있습니다.

웃음 CD는 원래 우울증 치료를 위해 사용한다고 하는데, 학생에게는 역치료법으로 사용할 수 있을지도 모르겠습니다.

웃어서는 안 되는 장소에 가기 전에 이 CD를 충분히 들어

둡니다. 미리 실컷 웃어 버리는 겁니다.

그래도 안 되면 만담이나 코미디 프로그램의 '방청객 아르바이트'를 해서 웃음을 돈벌이에 이용해 보는 것도 좋겠죠.

조금은 참고가 되었는지요? 그러면 오늘의 고민 상담은 여기까지.

진지한 과학자들의 엉뚱발랄한 인생해법

여섯 번째,
용서할 수 없는
상사의 음치

오늘의 상담

  어느 중견 상사에 근무하고 있는 회사원입니다. 지금 다니는 회사에 만족하고 있지만, 단 한 가지, 용서가 안 되는 일이 있습니다. 바로 상사의 음치입니다.

  저희 부서는 종종 회식 자리를 갖는데, 2차로 늘 노래방에 갑니다. 이때 빠지면 눈치가 보이는지라 저도 어쩔 수 없이 참석하고 있습니다.

  하지만 마이크를 잡으면 절대 놓지 않는 상사의 노랫소리가 어찌나 귀에 거슬리는지…….

  음감에 다소 자신이 있는 저로서는 음정이 맞지 않는 노래를 듣는 것만큼 괴로운 일도 없습니다.

상사의 음치, 어떻게 할 수 없을까요?

—오카야마 현, T씨

답변

혹시 당신은 '절대음감'이나 '상대음감'의 소유자입니까? 그렇다면 당신의 고충을 충분히 헤아릴 수 있을 듯합니다.

이상하게도 귀여운 아이돌이 음치라면 용서가 되는데, 아저씨가 음치라면 절대 용서가 안 되지요. 차라리 상사에게 아이돌 분장을 시켜 보면 어떨까요?(농담입니다)

절대음감이란 어떤 음을 한 번 듣고도 '도'인지 '레'인지 '미'인지를 알 수 있는 능력을 말합니다. 일반인에게는 부럽기 짝이 없는 능력이지요.

단, 절대음감을 갖고 있는 사람 중에 음치가 없느냐 하면 그렇지도 않습니다. 절대음감은 도 음을 도라고 판단할 수 있는 능력이므로, 음악을 표현하는 재능이 있느냐 없느냐는 별개의 문제입니다.

한편, 상대음감은 두 개의 음을 비교해 어느 쪽 음이 높고 낮은지를 판단할 수 있는 능력을 가리킵니다.

진지한 과학자들의 엉뚱발랄한 인생해법

음치냐 아니냐는 바로 이 상대음감과 관련이 있는 듯합니다.

좀 더 자세히 말하면, 음치에는 우선 상대음감을 갖고 있는데도 이를 노래로 표현하는 능력이 없는 경우와, 상대음감도 없고 노래로 표현하는 능력도 없는 두 가지 경우가 있습니다.

후자의 경우는 절대음치라고도 할 수 있는데, 당신의 상사는 아마 후자에 속할 것입니다. 그렇다면 여간해서는 고칠 수 없겠죠.

그런데 이야기가 잠깐 옆길로 샙니다만, 우리는 왜 음악을 듣고 즐거워하거나 슬퍼지는 걸까요?

미국 다트머스 대학의 신경학자 페트로 자나타 박사의 연구에 따르면, 우리가 음악을 들을 때는 전두엽 전부 피질 부위가 활발해진다고 합니다. 이 부위는 우리의 감정 처리와도 관련되어 있다고 합니다. 즉 음악과 감정은 직결되어 있는 모양입니다.

또한 이 부위는 어떤 일을 예상할 때도 사용되는 부위라고 합니다.

우리는 음악을 들을 때, 다음 멜로디를 예상하면서 듣는데, 그 멜로디가 예상대로이거나 또는 좋은 의미에서 예상을 뒤엎는 경우에 감동한다고 합니다.

이 학설에 따르면, 당신의 상사는 사람들의 예상을 계속 뒤엎고 있다고 말할 수 있겠죠(나쁜 의미에서).

레딩 대학의 고고학자 스티븐 미슨 박사의 말에 따르면, 네안데르탈인조차도 노래를 할 수 있다고 보고 있습니다.

혹시 당신의 상사는 네안데르탈인보다 노래가 더 서툴지도 모릅니다.

그런 상사에게는 반드시 네안데르탈인의 손톱 때라도 달여서 먹여 줍시다.

조금은 참고가 되었는지요? 그러면 오늘의 고민 상담은 여기까지.

진지한 과학자들의 엉뚱발랄한 인생해법

일곱 번째,
사촌오빠의 잘못된 기억에
곤혹스러운 고민녀

오늘의 상담

　제 사촌오빠 문제로 상담하고자 합니다.

　친척들이 모였을 때, 사촌오빠는 항상 'F는 초등학생 때 밤에 이불에 오줌을 쌌다'든가 'F는 어렸을 때 나랑 결혼하겠다고 말했다'는 등 저에 관해 있지도 않은 일들을 떠벌립니다.

　제게는 그런 기억이 전혀 없고, 부모님께 여쭤 봐도 모르겠다고 말씀하십니다. 사촌오빠의 기억이 잘못된 것임에 틀림이 없습니다.

　오빠 때문에 제 이미지는 땅에 떨어졌습니다.

　그래도 사촌오빠는 자기 기억이 진짜라고 굳게 믿는 듯합

니다. 사촌오빠의 잘못된 기억을 어떻게 할
수 없을까요?

—이와테 현, F씨

답변

　저도 초등학생 때 학교에서 오줌을 지린 일을 아직까지 동
창회에서 안줏거리로 삼아 곤혹스러워하고 있습니다. 더욱
이 그 일은 사실인지라 부끄럽기 짝이 없습니다만(창피해
라)…….

　그건 그렇다 치고, 있지도 않은 일을 기억하고 있는 사람들
이 의외로 많은 듯합니다.

　워싱턴 대학의 엘리자베스 로프터스 박사는 실험을 통해
이런 사실을 증명했습니다.

　실험에서는 피험자가 5살 때 체험했던 몇 가지 사실에다 상
점가에서 미아가 되었다는 가짜 정보를 제공하고, 이것을 기
억하고 있는지 여부를 물었습니다.

　실험 결과, 두 번의 면접에서 무려 25% 이상의 피험자들이
자신이 미아가 된 적이 있다는, 있지도 않은 사실을 '기억해'
냈습니다.

　사람은 거짓 기억을 믿어 버리는 경우가

진지한 과학자들의 엉뚱발랄한 인생해법

있는 것입니다.

또한 기억은 시각이나 후각과 같은 감각과 밀접하게 관련되어 있는 듯합니다.

특히 후각에 관한 기억은 아주 강렬하다는 사실이 확인되었습니다.

영국 런던 대학 유니버시티 칼리지의 제이 고트프리드 박사는 피험자에게 냄새가 나는 사진을 보여 주는 실험을 통해, 시각 기억과 냄새에 대한 기억이 밀접하게 관련되어 있다는 사실을 보고하고 있습니다.

또한 빅토리아 대학의 심리학자 스티븐 린지 박사의 실험에서는 어렸을 때의 가짜 정보와 함께 당시의 사진을 피험자에게 보이자, 거짓 기억을 쉽게 믿어 버린다는 사실을 발견했습니다.

실험에서는 피험자에게 초등학교 때 담임선생의 책상에 '슬라임(slime, 물엿처럼 끈적끈적한 장난감)'을 놔둔 장난(가짜 정보)을 기억하고 있는지 물어보았습니다. 그러자 당시의 사진을 보여 주지 않았던 피험자들의 약 27%가 가짜 정보를 '기억해' 냈습니다. 그리고 당시의 사진을 보여 줬던 피험자들은 무려 약 65%나 가짜 정보를 '기억해' 냈습니다. 시각 정보가 가짜 기억을 보강해 줬던 것입니다.

당신 사촌오빠의 경우에는 어떤 이유로 인해, 가짜 정보가 기억 속으로 섞여 들어갔을 가능성이 있습니다. 다른 아이의 기억과 혼동하고 있거나, 아니면 자신의 바람이 기억 속에 섞여 들어갔거나…….

그 기억을 올바르게 바꾸기 위해서는, 위의 연구를 적용해 보면, 당시의 사진을 보여 주면서 "그런 일은 없었다. 그 기억은 잘못된 기억이다"라고 몇 번이나 설득하는 것이겠지요.

하지만 제가 생각하기에 사촌오빠는 아마 당신에게 호감을 품고 있는 듯합니다. 좋아하는 아이를 괴롭히는 어린애 같은 생각을 가진 사람인가 봅니다.

그러니 "난 있지도 않은 일을 말하는 당신이 싫다"고 분명하게 의사표시를 하는 편이 오히려 효과적일 듯합니다.

저도 몇 번이나 그렇게 여성에게 버림을 받아서 강해졌습니다(흑흑).

조금은 참고가 되었습니까? 그러면 오늘의 고민 상담은 여기까지.

진지한 과학자들의 엉뚱발랄한 인생해법

여덟 번째,
아버지의 애완동물 사랑에
질린 딸

오늘의 상담

저희 아버지는 치와와를 키우고 계십니다.

아버지께서는 딸인 저보다 이 치와와가 더 귀여운 듯 맹목적인 사랑을 쏟아 붓고 계십니다.

특히 부끄러운 것은 손님이 찾아오면 "우리 집 벨(개 이름)은 웃는답니다"라면서 개에게 간지럼을 태우시는 것입니다.

아버지 눈에는 벨이 웃는 것처럼 보이는 모양이지만, 남의 눈에는 얼굴을 찡그리는 것으로밖에는 보이지 않습니다.

손님도 어떻게 반응해야 좋을지 몰라 곤혹스러워합니다.

이렇듯 애완동물을 끔찍이도 사랑하시는

팔불출 아버지를 어떻게 하면 좋을까요?

—이바라기 현, A씨

답변

제가 어렸을 때, 동네 개구쟁이들이 개의 얼굴에 눈썹 털을 장난으로 그려 언제나 웃는 얼굴을 하고 있던 개가 집 근처에 살고 있었습니다. 본인(개)은 사람들이 왜 자신의 얼굴을 보고 웃는지 이해하지 못했을 것이라고 생각합니다.

이렇듯 아주 질 나쁜 장난을 해대는 녀석이 있는 법이지요. (저는 아닙니다).

보통 웃는 행위는 인간만이 할 수 있는 독특한 것이라고 보고 있습니다. 그런데 동물도 웃는 경우가 있다고 주장하는 박사가 있습니다.

미국 볼링그린 대학의 잭 팬크십(Jakk Panksepp) 박사가 그 장본인입니다. 팬크십 박사에 따르면, 예를 들어 쥐조차도 웃을 수 있다는 것입니다.

쥐가 장난치고 있을 때 내는 '츳, 츳' 하는 소리는, 팬크십 박사의 말에 따르면 일종의 웃음과 같은 것이라고 합니다.

또한 침팬지는 동료와 잡기 놀이를 하고 서로 간지럼을 태우는 일이 있는데, 이때 헐떡이는 소리를 냅니다. 이 소리가

진지한 과학자들의 엉뚱발랄한 인생해법

원숭이의 웃음이라고 하는군요.

그리고 개도 기쁠 때 '핫핫' 하고 숨이 끊어질 듯한 소리를 내는데, 이것이 개의 웃음이랍니다(정말일까?).

개나 쥐, 원숭이는 언어를 갖고 있지 않지만, 웃는 것은 알고 있다는 점에서, 팬크십 박사는 인류에게도 웃음이 언어보다 먼저 생겼을 것이라고 보고 있습니다.

실제로 웃음의 신경회로는 사람이나 동물이나 공통적으로 뇌의 고피질(古皮質)에 존재합니다.

또한 쥐가 웃고 있을 때, 뇌 속에서 도파민이 방출된다는 사실이 팬크십 박사의 실험으로 밝혀졌다고 합니다.

인간의 뇌에서도 즐겁게 웃고 있을 때 도파민이 방출됩니다. 아마 개가 웃고 있을 때도 똑같은 일이 일어나겠죠.

팬크십 박사의 설에 따르면, 당신 아버지께서 말씀하시는 것처럼 개도 웃는 경우가 있는 것입니다.

개는 결코 무시할 수 있는 존재가 아닙니다. 예를 들어, 후각이나 청각이 인간보다 훨씬 뛰어난 것은 분명한 사실입니다.

개의 경우, 냄새 분자를 감지하는 '감각털'의 길이가 사람은 1~2미크론밖에 되지 않는 데 비해 30~50미크론이나 됩니다. 후세포(냄새를 맡는 감각세포) 수의 경우, 사람은 500만 개인데 비해 개는 약 2억 개나 됩니다. 개의 후각은 사람의 3000

배에서 30억 배가 된다고 보고 있습니다. 이런 능력이 경찰견이나 구조견으로서 도움을 주고 있는 것이겠지요.

자, 그럼 아버지의 끔찍스러운 애완동물 사랑에 대해 얘기해 보죠. 당신이 어렸을 때, 당신의 아버지는 아마 자식을 끔찍이도 사랑하시는 아버지였을 겁니다. 아마 딸이 성장해 품안에서 벗어나자 그 보상행위로 개를 귀여워하고 계시는 것은 아닌지요? 아버지는 지금 자식에게서 심정적으로 독립하려고 하시는 겁니다. 그러니 잠시 동안 말없이 지켜봐 주세요.

조금은 참고가 되었는지요? 그러면 오늘의 고민 상담은 여기까지.

아홉 번째,
직감이 뛰어난 아내를
속이는 방법

오늘의 상담

결혼한 지 5년이 된 회사원입니다.

아내는 저보다 3살 연하지만, 직감이 매우 뛰어납니다.

어제도 사와지리 에리카(드라마 <태양의 노래>에 출연한 일본 여배우이자 가수 - 옮긴이)의 사진집을 몰래 사 가지고 집에 돌아왔더니, 아내는 금방 눈치 채고 사진집을 몰수했습니다. 그 후에 일어난 일은 떠올리고 싶지도 않습니다.

저는 스스로 포커페이스의 달인이라고 생각하고 있는데, 아내에게만큼은 전혀 먹히지 않습니다.

저는 결코 바람 따위는 피우지 않습니다. 그러나 최소한 사와지리 에리카의 사진집 정도는 갖고 싶습니다.

직감이 뛰어난 아내를 보기 좋게 속이려 면 어떻게 해야 할까요?

— 시마네 현, D씨

답변

사실 저도 2주일 전에 몰래 감추어 두었던 마나베 가오리 의 DVD를 우리 집 마녀…… 아니, 애처에게 들켜서 박치기 당했습니다(아파요). 잘못했습니다. 다시는 이런 일이 없도록 하겠습니다(깊이 사죄드립니다).

그런데 사람에게는 오감 이외에 육감이 있다고 합니다.

이 육감의 정체에 대해서는 여러 가지 설들이 있지만, 여기 서는 최신 학설을 소개하겠습니다.

이 학설의 제창자는 네덜란드 틸뷔르흐 대학의 비아트레 스 데 헬다 교수로, 이 교수는 얼굴 표정과 몸짓의 관계를 연 구하고 있습니다.

데 헬다 교수는 다음과 같은 실험을 했습니다.

우선 남녀 몇 사람의 두려워하는 얼굴과 화난 얼굴을 사진 으로 찍습니다.

그리고 두 가지 포즈를 찍습니다. 하나는 '두려움'을 나타내 는 자세로, 어깨가 움츠러들고 발이 바깥쪽으로 구부러져 있

진지한 과학자들의 엉뚱발랄한 인생해법

는 자세입니다. 또 하나는 '분노'를 나타내는 자세로, 어깨와 가슴을 앞으로 내밀고 팔을 조금 굽힌 공격적인 자세입니다.

그리고 '두려움'과 '분노'의 얼굴 사진과 마찬가지로 '두려움'과 '분노'의 포즈를 취한 사진을 조합해 다음과 같은 4종류의 합성 사진을 만듭니다.

1. '두려움'의 얼굴과 '두려움'의 자세

2. '두려움'의 얼굴과 '분노'의 자세

3. '분노'의 얼굴과 '분노'의 자세

4. '분노'의 얼굴과 '두려움'의 자세

이 사진을 머리에 두피전극을 부착한 남녀 12명에게 보여주고, 뇌의 활동을 측정했습니다.

그러자 얼굴과 자세가 잘못 조합된 사진인 2와 4의 사진을 봤을 때 그들의 뇌는 더 격렬한 반응을 보였습니다. 게다가 그 반응은 사진을 본 후 불과 115밀리초(1000분의 1초 - 옮긴이) 만에 빠르게 나타났습니다. 이 놀랍고 빠른 반응은 의식이 사진의 의미를 인식하는 것보다 더 빨리 일어났음을 의미합니다.

또한 피험자는 실험에 들어가기에 앞서 사진 속 얼굴에 주목하라는 지시를 받았습니다. 그럼에도 불구하고 그들은 얼굴과 자세의 잘못된 조합에 재빨리 반응했던 것입니다.

이 실험에 비추어 보았을 때, 사와지리 에리카의 사진집을 사서 집에 돌아왔을 때, 당신은 아무렇지 않은 듯 얼굴 표정을 꾸미려 애썼음에도 불구하고 몸은 '두려움'의 자세를 취하고 있었던 것 아닐까요?

그 '잘못된 조합'을 당신의 아내는 재빨리 간파한 것입니다.

당신의 아내는 특히 이런 잘못된 조합을 간파하는 데 뛰어난 능력을 갖고 있을지도 모릅니다.

그렇다면 당해낼 도리가 없습니다.

저 같으면 아내에게 거역하지 않을 겁니다(절대로).

하지만 아내가 사와지리 에리카에게 질투를 하다니 귀엽지 않습니까?

그런 아내 분에게 한마디 오랜 격언을 말씀드립니다.

'아내가 질투할 만큼 남편은 (다른 여자들에게) 별로 인기가 없다.'

열 번째,
우주인에게
납치된 친구

오늘의 상담

제 친구는 만날 때마다 우주인에게 납치된 이야기를 합니다. 그것도 농담으로 하는 것이 아니라 아주 진지합니다.

친구의 이야기에 따르면, 자려고 침대에 누웠는데 우주인이 데리러 왔다는 겁니다. 우주선에도 몇 번이나 탔다고 합니다.

그런 이야기를 카페 안이든 전철 안이든 가리지 않고 큰 소리로 떠듭니다. 저까지 이상한 사람으로 취급받을 거 같아 싫습니다.

그런데 요즘은 저도 익숙해져서 혹시 친구가 진실을 말하고 있는지도 모른다는 생각이 들게 되었습니다.

우주인은 정말 있는 걸까요? 그리고 우주인에게 납치된다는 게 진짜 가능한 일일까요?

—지바 현, F씨

답변

이 세상에 정말로 우주인이 있는지 없는지 저로서는 뭐라고 말씀드릴 수 없습니다.

그러나 당신의 친구처럼 우주인에게 납치되었다고 주장하는 사람들이라면 분명 있습니다(웃음).

저는 우주인 자체보다 우주인과 만났다는 사람에게 더 흥미가 있습니다.

일본에서는 생각할 수도 없지만, 미국에서는 우주인에게 납치된 사람(abductee)에 대한 연구가 진행되고 있습니다.

하버드 대학의 리처드 맥널리 박사는 우주인에게 납치된 사람의 공통점으로 다음의 3가지를 들고 있습니다.

수면장애가 있다.

오컬트 · 불가사의한 이야기를 좋아한다.

PTSD(외상 후 스트레스 장애)를 겪기 쉽다.

좀 더 노골적으로 말하면, 우주인에게 납치되었 다는 이야기의 대부분은 잠이 들 때 보는 환각입니다. 막 잠이 들 때

진지한 과학자들의 엉뚱발랄한 인생해법

비몽사몽간에 보는 환상입니다.

최근에도 미 공군 아카데미의 심리학자 프레드릭 맘스트롬 박사의 흥미진진한 연구가 소개되었습니다.

우주인에게 납치되었다는 사람들의 이야기를 종합하면, 그들이 만났다는 우주인의 얼굴에는 공통점이 있습니다. 몸에 비해 큰 머리, 회색빛 얼굴, 미끌미끌한 피부, 큰 눈, 겨우 볼 수 있는 작은 입……. 소위 리틀 그레이형 우주인입니다 (영화 <미지와의 조우>가 공개된 후에 웬일인지 목격 사례가 급증했습니다).

박사는 이 공통점에 주목했습니다. 그리고 놀라운 결론에 이르렀습니다. 바로 우주인의 얼굴은 우주인에게 납치된 사람들의 어머니 얼굴, 즉 원형적 여성 얼굴이라는 것입니다.

맘스트롬 박사에 따르면, 인간은 선천적으로 사람의 얼굴을 판별할 수 있는 시각적 '원형(原型)'을 머릿속에 갖고 있다고 합니다. 그렇기 때문에 유아는 태어나서 처음 보는 어머니의 얼굴을 구분할 수 있는 것입니다.

박사는 우주인에게 납치된 사람들이 잠이 들 때 잠재의식 속의 원형적 여성 얼굴, 즉 어머니의 얼굴 모습을 본다고 합니다. 또한 실제로 여성의 얼굴 사진을, 유아의 초점이 맞지 않는 시각으로 본 것처럼 가공하면, 우주인의 얼굴과 매우 흡사하다고 합니다.

즉 우주인의 정체는 어머니, 즉 원형적 여
성의 얼굴에 대한 이미지였던 것입니다!

혹 당신의 친구는 무의식적으로 영원한 모성을 갈구하고
있는지도 모릅니다. 우주인에게 모성을 갈구하는 친구! 멋지
지 않습니까?

그러나 일본에서는 당신의 친구 같은 사람이 살기에는 힘
들지도 모릅니다. 어쨌든 우주인에게 납치되었다고 주장하
는 사람의 수가 적으니까요.

그러나 미국의 경우는 일설에 따르면, 400만 명이나 되는
사람들이 우주인에게 납치되었다고 주장하고 있다고 합니
다. 아마 그곳이라면 마음이 맞는 친구가 있겠지요.

조금은 참고가 되었는지요? 그러면 오늘의 고민 상담은 여
기까지.

※ 제8장의 인생 상담은 트랜스월드 재팬『POPULAR SCIENCE』
2005년 3월호에서 2006년 4월호에 연재한 내용을 실은 것입니다.

지루한 일상에
재미를 주는
엉뚱발랄한 이야기

갖가지 엉뚱하고 불가사의한 연구를 재미있게 즐겼는가? 사람이란 정말 재미있는 존재다.

하지만 요즘 들어 자주 느끼는 건데, 이 세상에서 가장 불가사의한 일은 지금 자신이 여기에 이렇게 살아가고 있다는 사실 아닐까?

이 넓은 우주에서 정말로 제로에 가까운 가능성을 뛰어넘어 태어났다는 것은 기적과도 같은 일이다.

덕분에 보거나 듣거나 냄새를 맡거나 맛보거나 만지거나 할 수 있다. 기쁘고 슬프고 화내고 즐거운 것도 가능하다.

그리고 더 불가사의한 일은 자신이 언젠가 이 세상에서 사라진다는 사실이다.

자신이 무(無)가 된다.

이 이상 불가사의한 일이 또 있을까?

의식이라는 것은 뇌의 복잡한 신경 네트워크가 낳은 것이다. 그러므로 몸이 사그라지고 몸의 네트워크가 활동을 정지하면 내 의식은 이 세상에서 사라져 버린다.

머리로는 이해가 되지만, 자신의 의식이 사라진 세계는 도저히 상상할 수가 없다.

따라서 어떤 사람은 의식(魂)은 육체와 별개며 육체가 죽어도 혼은 남는다고 생각한다. 혹은 죽어도 다시 환생한다고 믿는다.

그런 생각도 그런대로 나쁘지 않다. 죽음의 공포에서 벗어나기 위한 하나의 지혜라고 여겨지기 때문이다.

그래도 인생은 단 한 번밖에 없으니 소중한 것 아닐까, 하는 생각도 든다.

하지만 신경 네트워크가 낳은 것에 불과한 의식은 실로 장난을 좋아한다.

사람을 좋아하게 되거나, 다른 누군가로부터 사랑을 받거나, 싫어하거나 미움을 받거나, 속이거나 속거나 하는 덕분에 우리들은 매일 지루하지 않게 살아갈 수 있다.

태어난 기적에 감사한다.

이 책의 일부는 필자가 발행하고 있는 메일 매거진 〈기상천외한 과학·날고 있는 박사 열전〉에 게재된 기사에 가필을 한 것이다. 널리 양해해 주시기 바란다.

그러면 오늘 밤도 멋진 꿈을 꿀 수 있기를 바라며……

재치와 웃음이 넘치는
맛있는 책!

이 책을 번역하면서 잡다한 과학적 지식들을 많이 알게 되었다. 뭐, 알았다고 해서 내 인생에 큰 도움이 되진 않지만, "진짜일까?", "에이~ 말도 안 돼", "오호라, 그렇군!" 하고 나도 모르는 사이에 혼잣말을 하며 정말 재미있게 작업했다.

알아도 그만, 몰라도 그만인 과학적 지식이자 연구 결과들이건만, 메마른 삶에 한바탕 단비를 뿌려 주는 재미난 책이어서 그런지 읽을 맛, 아니 번역할 맛이 났다고나 할까?

'세상엔 별걸 다 연구하는 사람이 있구나' 하는 놀라움이 어느새 호기심으로 변해 가면서, 저자의 장난기 어린 말투가 한결 읽는 재미를 더해 주었다.

게다가 제일 마지막 장에 나오는 '진지한 과학자의 엉뚱발랄 인생해법'에서는 일인 줄도 모르고 정신없이 작업했다. 어쩜, 그렇게 과학으로 인생 상담을 시원하게(?) 해 줄 수 있는지……. 정말 간만에 마음에 쏙 드는 저자를 만났다.

물론 상담을 받는 입장에서는 그다지 큰 도움(?)이 되진 못했을 듯하지만…….

원래 재밌는 거라면 사족을 못 써 〈개그 콘서트〉, 〈웃찾사〉, 〈개그야〉 등 방송 3사의 코미디 프로는 빼놓지 않고 찾아보는 역자이기에 재치와 웃음이 넘치는 이런 종류의 책을 좋아한다. 그러니 이 책은 간만에 역자에게 찾아온 주옥같은(?) 책이라 하지 않을 수 없다.

이 책에 등장하는 화제들은 모두 재미를 기준으로 삼아 선정했다는 저자의 말대로, 이 책 속에는 무심코 친구에게 말해 주고픈 크고 작은 알짜 화제들이 담뿍 담겨 있다. 그 가운데 개인적으로 가장 흥미로웠던 것은 '사랑을 하면 왜 상대의 결점이 보이지 않는 걸까?'와 '여성 약지의 비밀' 그리고 신의 유전자, 신앙심과 종교적 성향을 결정한다.

특히 '여성 약지의 비밀'을 읽고 난 후에는 주차뿐 아니라 운전조차도 젬병인 스스로를 더 이상 책망하지 않게 되었다. '그렇다. 난 원래 그렇게 타고난 것이다. 그렇게 타고난 걸 어쩌란 말이냐'며 되레 큰소리를 칠 수 있게 된 계기가 되었다고나 할까?

역자처럼 이 책을 읽은 독자들도 다 읽고 난 후 웃으면서 책장을 덮기를 소망한다. 가뜩이나 살기 팍팍해진 요즘, 한바탕 시원스럽게 웃고 시름을 털어버리자. 이 책에서 말했듯이 웃으면 장수한다지 않는가?

옮긴이 이동희

출전 · 참고문헌

1. icwales.icnetwork.co.uk/山元大輔『男と女はなぜ惹
   き合うのか』中公新書テクレ/www.abc.net.au/news.
   monstersandcritics.com/mainichi/www.allheadlinenews.
   com/BBC/ロイター / excite.co.jp/thejournalPsychoneur
   oendocrinology/www.theage.com.au/nytimes/news.msn.
   co.jp/AFP=時事

2. ananova/livescience.com/seedmagazine.com/BBC/ctb.
   ca/ロイター/healthday.com/yahoo/abc.net.au

3. gainesville.com/asahi/yomiuri/nature/CNN/BBC/abc/
   newscientist

4. BBC/allheadlinenews/asahi/pravda/ロイター/yahoo/
   yomiuri

5. nature/CNN/AP/mainichi/asahi/yomiuri/近藤宣昭ほか
   編『冬眠する哺乳類』東京大學出版

6. expatica.com/abcnews.go.com/cosmiverse.com/yomiuri/
   AP/CNN/asahi/ロイター—/yahoo/livescience.com
7. ews-info.wustl.edu/HealthDayNews/telegraph/
   dailytelegraph/mainichi/BBC/heartinfo.org/
   medicalnewstoday.com/education.guardian/sky.com

※ 책 속에 제시된 외국인의 인명 중 발음이 불명확한 것에는 영어 표
기를 병행하였다.

이동희 옮긴이

한양대 국어국문학과 졸업. 8년간의 출판사 근무 후 일본 유학을 떠나 일본외국어전문학교 일한통역 · 번역학과 졸업. 다년간의 다양한 번역 업무를 거쳐 현재 전문 번역가로서 활동 중이다.

옮긴 책으로는 『잘되는 나를 만드는 최고의 습관』, 『이기적인 시간술』, 『상사의 한마디 코칭』, 『비즈니스 글쓰기 클리닉』, 『두부 한 모 경영』, 『약은 우리 몸에 어떤 작용을 하는가』, 『약이 되는 독, 독이 되는 독』 등이 있다.

**엉뚱 발랄
연애 잡학사전**

초판 1쇄 인쇄 | 2009년 2월 10일
초판 1쇄 발행 | 2009년 2월 17일

지은이	구가 라나이
옮긴이	이동희
펴낸이	강효림

편집	이용주 · 민형우
디자인	송선주
마케팅	민경업
관리	정수진

출력	엔터 AIO
종이	화인페이퍼
인쇄	한영문화사

펴낸곳	도서출판 전나무숲 檜林
출판등록	1994년 7월 15일 · 제10-1008호
주소	121-819 서울시 마포구 동교동 206-3 코원빌딩 501호
전화	02-322-7128
팩스	02-325-0944
홈페이지	www.firforest.co.kr

ISBN	978-89-91373-42-6 (03800)
값	10,000원